中央高校基本科研业务费专项资金资助
（项目批准号：19YBB34）

意大利当代戏剧
《尘》
文本解读与翻译研究

周婷 著

北京语言大学出版社
BEIJING LANGUAGE AND CULTURE
UNIVERSITY PRESS

© 2022 北京语言大学出版社，社图号 22102

本书中剧本《尘》的中文翻译和部分演出剧照的使用得到原剧作者 Saverio La Ruina 授权。

图书在版编目（CIP）数据

意大利当代戏剧《尘》文本解读与翻译研究 / 周婷著. -- 北京：北京语言大学出版社，2022.10
ISBN 978-7-5619-6160-5

Ⅰ. ①意… Ⅱ. ①周… Ⅲ. ①戏剧文学评论－意大利－现代 Ⅳ. ① I546.073

中国版本图书馆 CIP 数据核字（2022）第 170392 号

意大利当代戏剧《尘》文本解读与翻译研究
YIDALI DANGDAI XIJU《CHEN》WENBEN JIEDU YU FANYI YANJIU

责任编辑：梁 骁	封面设计：张 娜
责任印制：周 燚	

出版发行 北京语言大学出版社
社　　址 北京市海淀区学院路 15 号，100083
网　　址 www.blcup.com
电子信箱 service@blcup.com
电　　话 编 辑 部　8610-82301019/0358/0087
　　　　　发 行 部　8610-82303650/3591/3648
　　　　　北语书店　8610-82303653
　　　　　网购咨询　8610-82303908
印　　刷 北京市金木堂数码科技有限公司

版　　次：2022 年 10 月第 1 版
印　　次：2022 年 10 月第 1 次印刷
开　　本：787 毫米 ×1092 毫米　1/16
印　　张：12.5
字　　数：200 千字
定　　价：55.00 元

PRINTED IN CHINA

凡有印装质量问题，本社负责调换。售后 QQ 号 1367565611，电话 010-82303590

前　　言

　　《尘——男人与女人的对白》（*Polvere – Dialogo tra uomo e donna*，后文简称为《尘》）是一部关于全球热点话题——女性遭受家庭暴力的意大利当代社会问题剧。编剧萨维利奥·拉鲁伊纳（Saverio La Ruina）是活跃在意大利当代戏剧舞台上的剧作家，同时也是戏剧导演、演员以及艺术总监。这部剧于2015年1月在意大利米兰普契尼剧院首演，由拉鲁伊纳自导自演，在意大利受到广泛的关注与好评。之后这部作品被翻译成英文、西班牙文等多国文字，在许多国家均有上演。

　　2016年在摩德纳这座意大利中小城市（也是帕瓦罗蒂和法拉利的故乡），因为一个偶然的机会，我得知有《尘》这样一出话剧于3月8日国际妇女节在斯多尔奇剧院（Teatro Storchi）上演，就去剧院观看了这出剧。记得那是一个雨夜，大厅里挤满了人。演出结束后，我和其他观众一样，心情久久不能平静，台词言犹在耳。这是一出极简风的话剧，整出话剧只有两名演员，即男女主人公，她是一位教师，而他是一名摄影师，他们在意大利都市工作与生活，具有较高的社会地位和文化修养。极简的舞台设计仅包含少量的道具：桌子、椅子、墙上的挂画等。台词简单易懂，贴近生活，那些话语甚至就是我们日常生活中最常听到的，然而语言的暴力也便从这里开始。此剧从心理和语言的角度来展开剧情，情感操纵、心理打压等暴力方式是如此隐秘，开始的时候不易察觉，而最后却能发展成撕心裂肺的痛。看完此剧，观众们会惊叹，权力是如何在两性关系中发挥作用的，而这种权力就隐藏在不经意间的语言表达与非语言表达中。剧名《尘》寓意语言暴力，它们充斥着我们的日常生活，它们是如此细微，如此持久，弥漫在我们的周围。有时候让人难以察觉，却又无处不在，我们每一秒呼吸都无法避开。只有在阳光的照射下才能看到，而每一次我们都会惊叹于灰尘的密度及其传递出来的

i

令人窒息的压迫感。是的,语言暴力所带来的情感操纵、心理打压正像灰尘,将女主人公包围,让其变得迷惘,失去自信与勇气,丧失对生活微笑的能力,渐渐迷失自我。剧作者在一次访谈中说明这一隐喻来自和一个反暴力中心的工作人员的对话,这也便是这部剧的名字的由来。

此剧的主题具有普遍性,男女主人公的对话均发生在司空见惯的日常生活中,比如一起去朋友的一个聚会、家里的一把椅子挪了位置、讨论一幅挂在墙上的画等。剧本反映和描绘的是一些颇具共性的日常生活场景,体现了施虐者与受虐者颇具共性的心理机制与语言特征,没有很强烈的民族文化特色。因此从文化角度来说,此剧更多地表现出其普遍性,表现对于控制型人格与依赖型人格的两性关系,这样的对话可以发生在世界上任何一个城市。剧本虽然体现的是一个发生在米兰的故事,但在其他文化中也完全可以被理解,并产生强烈的共鸣。此剧也确实在不同的国家与地区上演,包括欧洲、北美洲、南美洲等的国家,均得到了较好的接受。根据联合国世界卫生组织在 2021 年 3 月 9 日发布的报告,2000 至 2018 年间,161 个国家的女性遭"非亲密关系"(指陌生人,或者朋友但非伴侣)及"亲密伴侣"暴力对待。数据显示,全球 15 至 49 岁的女性中,近 27% 有曾遭遇肢体暴力或性暴力的悲惨经历。在 2020 年新冠疫情暴发前,全球 15 到 49 岁的女性有 27% 曾遭另一半暴力对待;疫情之下,联合国 2020 年时甚至预测,各国限制人民移动及接触的措施,至少将导致 1500 万起额外的家暴案件发生[①]。

尽管这是一个关于女性遭受家庭暴力的当代社会问题剧,但所谓的"暴力"并不指向露骨而血腥的身体暴力,而基本上围绕微妙的语言暴力,这种语言暴力随着剧情的展开而逐渐显现。笔者认为,这一点更加彰显了此剧的社会性价值。为什么这么说呢?近年来,随着各大自媒体和社交平台的发展,时不时会有一些家暴事件登上热搜,这使得"家庭暴力"一词再度成为公众关注的焦点。家庭暴力不仅是个人情感的问题,更是社会问题和法律问题。我国于 2016 年 3 月 1 日施行了《中华

---

① 周欣蓉. 我最疼爱的人,伤我却是最深——世卫报告:全球四分之一女性曾遭伴侣施暴. 新新闻(风传媒). 2021-03-10 [2021-07-31].

人民共和国反家庭暴力法》。该法做出明确定义：家庭暴力，是指家庭成员之间以殴打、捆绑、残害、限制人身自由以及经常性谩骂、恐吓等方式实施的身体、精神等侵害行为。家庭暴力既包括了身体暴力，也包含了精神暴力（语言暴力、冷暴力）等，其侵犯了受害者的人身权利，人身权利具体指身体权、健康权、生命权和自由权。然而，"法律是对道德的最低要求"，"法律最重要的目标就是维护秩序"（罗翔，2021：5）。如果仅仅依靠法律的制裁是无法消除家庭暴力的，现有的法律框架可以用来制止和处罚最严重违反道德的家庭暴力行为，多层次多机构的社会支持体系有时也能起到调解作用。尽管如此，家庭暴力并非一般的治安问题，还涉及感情因素，有时候司法人员认为"清官难断家务事"，怕自己正儿八经地去处理了，可当事人之间马上又和好了，反过来还怪自己多管闲事，所以"多一事不如少一事"。更重要的是，法律的规定可能无法预先性地改变人心，更无法挽回已经造成的伤害。近年来，多数国家也通过多种教育活动形式加强国民的道德教育，以期通过教育，借助舆论的力量，倡导良好的道德风尚，制止、减少甚至消除家庭暴力。以意大利为例，反暴力的教育活动和海报近年来越来越多，"neanche con un dito"（一根手指头也不允许）、"dire di no alla violenza"（对暴力说"不"）等标语层出不穷。但最根本的困难在于人们如何能从最初的端倪识别出不健康的关系以及危险信号，从而及时止损，不让其进一步发展。

　　身体暴力甚至能产生致命的结局，但我们要知道，关系的恶化通常不会从一开始便从最明显、最残酷的外部身体暴力开始，而往往是从情感操纵、心理打压、恐吓或者羞辱等言语行为开始的，"许多严重后果是暴力不断升级造成的"（毋嫘、洪伟等，2013：716）。如果从一开始便能识别出"蛛丝马迹"，便能从源头上解决问题，然而识别又谈何容易呢？最初的情感操纵的表现方式一般十分微妙，难以觉察，即使在人前显露端倪，也常被误认为是小两口之间的矛盾，外人不便过多干涉。另外，由于它往往被"爱意""保护欲"等感情因素包围（"我是男人，知道男人是怎么想的，既然告诉你这个，你就得相信我。""谁会要你呀？能爱你的也只有我了。谁又会在乎你呀？你以为你是谁呀？"），受害者甚至误以为那是爱。恋爱初期，受害者可能因伴侣对自己的关怀备至而对其抱有期待和积极的态度。长期遭受伴侣的孤立、贬低和羞辱，受害者　容易在失望和自责中迷失自己，却不知道问题究竟出在哪里。为了维持感情，只能听之任之，很难认清自己已经处在不健康的关系当中。在外人看来，这时受害者显然应当毫不犹豫地离开情感操纵者。然而"当局者迷，旁观者清"，受害者因为太专注于细节，太专注于关系是否进展顺利，哪些地方又惹对方生气了，往往会看不清对方整体的操作意图。如果继续甘于现状，或者一味地回避冲突，追求表面的和平，就更难获得解脱。受害者将越来越迷失在对方的价值观里，失去自我认同感，忘记自己曾经是如何思考、如何感知的，在不知不觉中离健康的人际关系越来越远，最后放弃自己的价值观和喜好，对伴侣一味顺从，把对方的意见当成是自己的意见，最终彻底丧失独立的人格（"亲爱的，你告诉我应该怎么说我就怎么说，应该怎么想我就怎么想，应该怎么做我就怎么做"）。就像在一场比赛中，观众比起球员来，有一个更为广阔、全面的视野，那些从外面观察关系的人知道女人应该毫不犹豫地离开男人，而身在其中的她很难感知微小的变化并做出正确的评估，因为她没有完全意识到这些微小的变化。正如贝特森解释的那样，"感知细小变化的难点在于，人们既有对骤变的高度敏感性，也同样具有对自然的适应能力"（Bateson, 1984: 133-134）。

　　受害者面临的可能是身体暴力，也可能是语言暴力，然后操纵者往往在暴力之后立刻温柔相待，好像给予对方一个巨大的恩赐，从而完成了一个暴力闭环。受害者接受了对方，更加忽略自己，却不知自己离危险越来越近。有时候，受害者在情感操纵中最可怕的不是暴力引发的身体伤害，因为这立马就能被识别出来，而且由于施虐者触犯了法律，受害者可以申请相关部门介入。最严重的是受害者遭受的长期的对自尊与人格的损害，语言暴力所透露出的道德性错误与不友好的行为，往往达不到违法的程度，因此受害者在这一阶段很难寻求外界的帮助和保护。因此，如何建立起自我保护的意识与机制，在亲密关系建立之初就能识别出这种不健康的因素，并做出适当的干预就显得格外重要。在这个层面上，《尘》提供了一个非常宝贵的研究文本，它展现了情感操纵方方面面的细节，细致入微地展现控制型人格与依赖型人格的语言模式与话语机制。此外，该剧也表现了在各个司空见惯的生活场景中，操纵者如何实现语言暴力的一个又一个完整的闭环。编剧将带领读者和观众用"显微镜"剖析一个又一个的细节，看操纵者是如何定义现实，如何操纵伴侣的情感使其陷于孤立之中，如何伴随着越来越深的低自尊失去赖以生存的信心。

那么，这样的主题为什么要通过戏剧的方式来表现呢？诚然，市面上也不乏相关主题的科普书籍，然而在翻阅大量案例与理论说明的时候，会发现论述往往立于"他者"的角度，这样较难引起共鸣，真正能做到理论联系实际的读者也是凤毛麟角。而戏剧的教育力量则不同于此，戏剧注重"参与者经验重建的过程"（林玫君，2016：2），目的在于促进人格的成长与参与者的习得过程，从社会教育意义层面来说，具有优越性。意大利阿尔贝剧院"不是学校的学校"项目主持人马可·马尔提内里在提到关于戏剧教育与学校教育的区别时说道："我们不去教。戏剧不是教出来的。我们一起游戏，一起摸爬滚打。就像一群孩子在足球场上踢球，只因为踢球的快乐……在快乐中我们感受到一种纯粹感和一种可贵的情感体验。雀跃的身体奔跑着，摔倒了再爬起来，感受我们脚下的土地，感受阳光，感受同伴们的热量，所有的美好都聚集在一起……学校和戏剧本是两个截然不同的事物，然而它们的相遇却绽放出智慧的火花，戏剧是人们探索内心的营地，你成了一个和平日的你完全不一样的人，而学校是我们成长为社会人的大舞台。"（Martinelli，2000）

为了创作《尘》这部戏剧，编剧拉鲁伊纳做了大量阅读、访谈与研究调查，通过对病态与脆弱情感的心理机制与倒错动因进行考察，解剖施暴前期的灰色地带，即该作品当中着重体现的语言暴力与控制型人格。拉鲁伊纳要拖着男女观众们一起细细地探究这一个个看似司空见惯的日常生活片段，剖析看似平淡无奇的道德审判和语言暴力，而这样的语言暴力充斥着社会中我们每一个人的生活，没有任何人会对此袖手旁观，无动于衷。这样的语言暴力就像空气中弥漫的灰尘，无处不在，无孔不入。拉鲁伊纳给观众打开了一扇窗，一柱光照射进来，才使这无数漫无边际飞舞的灰尘得以现身。每个人都有自己不同的生活经历，对于场景中的一个眼神、一个动作，大家的感受不尽相同，但或多或少在某一特定时刻会产生紧张、焦虑、失望，甚至愤怒，这一点不仅限于女性观众，男性观众也会感同身受。当这部剧在米兰埃尔弗剧院首演时，当观众们看到女主人公被男主人公无休止地盘问过往事情的细枝末节与来龙去脉时，表现出无比的愤怒，气得直喘气，甚至离场而去。类似的场景也发生在芝加哥维多利亚花园大剧院。《尘》在该剧院上演之后，一位美国女性观众在她的博客中做出这样的评论："我想给男女主人公们建议。我告诉自己别那么激动，'这就是一出戏而已'。可是这台戏太逼真了，我好几次忍不住喊出声来。我觉得坐立不安，要做些什么！"

这让我想起在一次采访中，艺术家邱志杰对于好的艺术作品的定义："所有的好作品，首先都是惊奇、不可思议和颠覆，有时候甚至是焦虑、刺痛的感觉。更高级的艺术会让你觉得自己以前一直在睡觉，现在被叫醒了。艺术是致力于颠覆的，终止你原来的习惯，让你出于一种必须重新动联自己的感性的敞开状态。表象上来看，艺术是提供诗歌、音乐、绘画和雕塑（等作品），但在底层逻辑来看，艺术真正提供的是精神唤醒的服务。就像宾馆前台打电话叫你起床，其实艺术家也是不断地给世界打电话，告诉大家醒醒，把你从昏睡中揪起来。"②

《尘》这部戏剧体现了意大利当代戏剧发展的一个重要方向，即戏剧超越了形式创新等艺术功能，更注重对人类福祉、社会进步、社群发展与心灵治愈的观照。二十世纪八十年代以来，意大利当代戏剧和心理学、社会学等学科的结合十分紧密，并有大量戏剧应用于治疗的尝试。戏剧治疗的一个特点在于它侧重于身体的健康部分，而不是有疾患的部分，通过调动人内部力量与环境力量来找到自己社会角色的探索过程。意大利戏剧治疗从二十世纪八十年代末开始发展起来，并在此基础之上发展出原创的"情感戏剧"。创始人朱诺·纳瓦是一名心理学家和心理治疗师，同时在意大利米兰圣心大学社会传播学院给戏剧表演史方向的

---

② 鼎石教育沙龙. 邱志杰：与那些毁灭性的力量争夺青年. （https://view.inews.qq.com/a/20220318V0BH6L00.2022-03-17 [2022-03-19]）

前　言

研究生讲授"心理社会戏剧"这门课。值得注意的是，意大利各高等院校的戏剧研究在意大利社会剧理论与实践发展过程当中起着至关重要的作用（Fiaschini, 2011: 45），除了艺术类专业院校外，也包括综合类院校。比如这部意大利当代戏剧《尘》，由学者安杰拉·阿尔巴奈瑟（Angela Albanese）和弗朗克·纳西（Franco Nasi）教授在意大利摩德纳雷焦艾米利亚大学做推介，邀请剧作家兼导演拉鲁伊纳在摩德纳大学文哲系开展相关主题的文学研讨会，并联合当地的市政剧场，组织中学生、大学生、市民观剧并开展观后讨论。早自二十世纪九十年代起，戏剧的教育理念便在意大利基础教育机构以及高等学府传播开来，有大量的学生参与。相关的教员与研究人员也从事相关的科研，使得戏剧逐步体系化、理论化，并形成相关的方法论，使戏剧能够在理论与实践结合的基础上不断发展，构成戏剧艺术、社会与个人发展并行并重的良好平衡。

意大利社会剧研究学者贝尔纳第指出，反映社会问题的戏剧的终极目标是关乎人类福祉的艺术形式，艺术美感是手段，抵达真善美是目的。戏剧艺术、社会学、教育学、心理学等综合在一起成为当代戏剧发展的新视野（Bernardi, 2001: 229）。从这一层面来看，《尘》除了本身作为戏剧的艺术价值之外，还很好地结合了社会学、心理学以及戏剧的教育功能，为戏剧艺术的跨学科讨论提供了一个很好的脚本。

本书首先对《尘》剧本做了从意大利语到中文的翻译，接着从戏剧文本解读以及翻译研究两大部分展开跨学科讨论。在文本解读部分，首先，借助相关的语言学、文学、美学、社会学理论对戏剧文学的艺术形式做一个整体分析；其次，对文本中所体现的情感操纵以及控制型人格的表现做大致的归类及梳理分析；之后，对文本中所体现的不同的暴力方式以及实现暴力的完整闭环做探究；此外，对该剧在意大利以及海外的评论和接受做相关的介绍与梳理。在翻译研究部分，通过相关语言学理论、翻译学理论，针对剧中语言与非语言符号特征及其翻译进行分析与举例，尤其是对剧中广泛使用的话语标记以及翻译方法进行探讨，尝试将翻译学的"学"与"术"结合起来。由于是一次新的跨学科探索和尝试，加上本人学识有限，难免存在不成熟、不周全甚至谬误之处，在此恳切希望相关专家同行以及广大读者批评、指正。

作为人生的第一本戏剧文学艺术学术专著，它带着不可避免的稚嫩，但也饱含我对意大利现当代文化艺术的热爱。感谢我的博士生导师弗朗克·纳西教授和安杰拉·阿尔巴奈瑟教授带我走进了这部戏剧，让我感受到了戏剧艺术震撼人心的力量与独一无二的魅力，两位教授给予我学术上的指导，鼓励我把该剧翻译成中文，并出版成书。感谢该剧编剧兼导演萨维利奥·拉鲁伊纳的信任，为我的研究提供了珍贵翔实的第一手材料，并在文本解读方面给予了支持与指导。感谢曾任意大利驻华使馆文化参赞的语言学学者、汉学家孟斐璇（Franco Amadei）教授对翻译过程中的语言问题给予的解答与建议。从观看演出到翻译剧本，从文本分析到翻译研究，这是一次值得我异常珍视的人生体验。尽管前后历时近五年时间，但由于众多师友的鼓励帮助、指导支持，这一过程不是漫长艰辛，而是意趣盎然。跟师友们探讨的情形还历历在目，在本科四年级与研究生翻译课上学生们对剧本精彩片段的选读与讨论也让我记忆犹新，在此一并感谢。另外，特别感谢北京语言大学出版社的大力支持，感谢编辑对书稿不厌其烦、一丝不苟的修改与订正。

本书为北京语言大学校级科研项目"意大利当代社会剧解读与翻译研究——以《尘》为例"结项成果。本成果受北京语言大学校级项目资助（中央高校基本科研业务费专项资金）（项目批准号：19YBB34）。另外，北京语言大学外国语学部也为本书出版提供了部分资助，在此表示感谢。

周婷

2022 年 7 月 25 日于北京

目　　录

第一部分　《尘》剧本译文　　　　　　　　　　　　(1–40)

第二部分　《尘》文本解读　　　　　　　　　　　　(41–112)

　　第一节　《尘》的总体特征分析 ···42

　　第二节　暴力类型在剧中的体现 ···61

　　第三节　情感操纵在剧中的体现 ···76

　　第四节　《尘》在意大利及海外的评论与接受概况 ·······················108

第三部分　《尘》翻译研究　　　　　　　　　　　　(113–181)

　　第一节　《尘》的戏剧语言特征与翻译 ···115

　　第二节　《尘》的非语言符号与翻译 ···142

　　第三节　《尘》的话语标记与翻译 ···155

参考文献　　　　　　　　　　　　　　　　　　　　(183–188)

　　外文参考文献 ···183

　　中文参考文献 ···187

第一部分 《尘》剧本译文

尘
——男人与女人的对白

萨维利奥·拉鲁伊纳 著　　周婷 译

第一幕

　　舞台空无一人。音乐飘来,传来一阵女声,唱着歌曲《我要活下去》。他走上舞台,回头看向歌声传来的方向,然后神色失落地倚在一旁。她唱着动听的歌,满面春风地走上舞台,并向来时的方向挥手告别。她转身看到他,歌声随之戛然而止。

她：今晚玩儿得挺开心的呢,是不是?

他：哼（四声）……

她：我那些朋友咋样?你跟他们玩儿得来吗?

他：哼（四声）……

她：你觉得今晚好玩儿吗?

他：劳驾,能麻烦你给我找个旅馆住吗?

她：为什么啊?

他：可以麻烦你告诉我一家旅馆吗?我不想在你家睡。

她：你这是要干什么呀?别这样,上车吧。

他：不了,我不上车。

她：干吗……我做错了什么……

他：不好意思,是这样,我现在很困,就想找个地方睡觉,成吗?

她：那为什么不去我那儿睡?昨晚你都来了……

他：那是昨晚。

她：可今天有什么不一样吗?

他：你怎么就转不过弯儿呢？

她：我真不明白，今晚挺不错的呀，我还以为你很开心……有什么不对劲的吗？

他：你太干了。

她：什么叫太干了？是我太干瘪、干瘦，还是……

他：那倒不是，你是一个感情干枯的女人。

她：为什么这么说呢，是我忽略了什么吗？要是我做错了什么，真的很抱歉，我不是故意的……

他：你还给不给我找旅馆了？

她：我到底怎么你了？

他：怎么我了……

她：我真的弄不明白……

他：哈，你不明白？

她：我真的搞不懂，你就告诉我吧。

他：今晚你很满足吧？

她：为啥满足？

他：瞧瞧你那个样子，活脱脱玛莉莲·梦露驾到的排场……所有人都往你身上凑，跟你打招呼，搂搂抱抱的。你自己都没发现？

她：可这就是个朋友聚会而已，大家都挺熟的……

他：我和你一起去你朋友的聚会，可你是怎么介绍我的？就好像我只是你的一个普通朋友。

她：我……

他：在你朋友面前，你没有做出任何跟我亲热的动作，牵个手，或者别的什么……

她：你也没有给我这个机会啊，不知道从什么时候起你就找不见人了。

他：你想过我为什么会不见吗？

她：为什么？

他：我走开是为了让你明白我的不满。

她：我没明白你是这个意思。我还以为你在外面跟别人聊天儿，或者出去透透气、抽根烟什么的……

他：你今晚都没有过来拥抱我一下，而且也没让别人看出来我是你男朋友。

她：哎呀你看，这地方就这么点儿大，我和一个大家都没见过的男人一起去一个小聚会，大家会马上明白咱们是什么关系。我也不是一个成天和男人混在一起的那种女人。我向你保证，如果明天去问我的朋友，我现在和谁在一起，他们心里都有数。

他：那你为什么不明说我是你男朋友呢？

她：因为你只是昨晚在我那儿过了一夜，我也不清楚你怎么看待我们的关系。万一你是那种今日来明日走，到处拈花惹草的，我要是说你是我男朋友，那岂不是显得很傻。

他：正因为你是这种人，才会这么想，对吗？

她：（沉默不语，愣住）

他：被我说中了对吧？

她：不，我不是这样的人。只是，男朋友这个称呼，我觉得还不到那个份儿上吧。要是早知道你很在乎这个，我肯定会强调我们的关系的……反正不管怎么样，真的很抱歉……

他：这还差不多。

她：可能我考虑得不够周全……

他：确实是这样。

她：真对不起，总之我已经跟你解释清楚了。

他：不过，今晚我倒是发现了你有一个优点。

她：什么优点？

他：你的眼睛。

她：（沉默不语，感到莫名其妙）

他：可以问你一个问题吗？

她：当然可以，你问吧。

他：算了，还是不问了。

她：为什么？

他：也许你会不想回答。

她：我当然会回答。

他：好吧，但你可能会想，这个人怎么这么多管闲事……

她：怎么会呢，我不会多想的，你问吧，我都好奇了。

他：你喜欢摸你自己。

她：摸我自己？

他：对，整个晚上你手就没闲着，你为什么这么做？

她：这个，有吗？可能是因为我的手一直很凉吧，我想暖暖手，没想那么多……

他：还有脖子。脖子你也摸个不停。

她：可能是因为我平时不习惯露着脖子，哪怕在夏天，所以假如我脖子上没什么东西的话，我就会下意识地用手挡一下。

他：但你不停地摸。

她：不会吧，我怎么不停地摸了？

他：一直在摸，就没停下来过。

她：什么时候，在什么情况下？

他：在你听别人说话的时候。

她：那可能这样做能让我放松吧。就像有的男士会时不时地摸一下胡子，我会摸摸脖子、捋捋头发什么的……

他：算了，你要是不想说我就不问了。

她：别呀，我想弄明白。那你是怎么理解我摸脖子的这个动作呢？

他：有可能是你心不在焉的小动作，也有可能是你想暗示某种信号。

她：顶多是精神不集中的小动作。其实对我来说，这个动作恰恰是我认真聆听的一种表现。

他：那是。你穿着低胸小薄衫，还那样摸你的脖子，盯着你看的男人可不会认为你在专心听他说话的。

她：为什么？他会怎么认为呢？

他：也许会觉得你很轻浮。甚至觉得你可能在挑逗他，懂吗？

她：可……这实在……这不过是我的一个习惯性动作罢了。还有人喜欢咬指甲，也许对我来说，摸摸脖子可以给我带来安全感。

他：怎么，跟他们聊天儿你觉得尴尬吗？

她：不，跟他们的话不会的。

他：可我会。

她：你会觉得尴尬？

他：对，我会。

她：为什么？

他：我当时就在想，人家都是怎么看我的。

她：至于吗？

他：至于，我确确实实很尴尬。

她：不会吧……

他：没错儿，特别窘，就是因为这个我才出去的。

她：我当时还真没注意。

他：没注意？要不我学你看看？

她：（点头示意）嗯嗯。

他：你都没意识到，可别人一跟你说话，你那手就一直在脖子上这么摸呀摸呀（以极其性感的方式抚摸自己的脖子），你要是这样摸的话……

她：啊，我应该不会这样吧……难道我当时真的是这么做的吗？

他：对，你就是这样做的。

她：天啊，抱歉，如果我真的像你做的那样，那也太不雅观了。

他：你看啊，我知道你没准儿是不小心才做了这样的动作，但你要多留意自己发出的信号。你得有这个意识。如果你真想暗示什么，那你就这么做；可如果你没有这样的意思，那就不要做这样的动作。

她：我绝对不想暗示什么。

他：可是假如你这样摸（重复刚才的动作）的话。

她：嗯……回想一下的话……我好像真的会经常这么做，只是我没想到会……

他：我是男人，知道男人是怎么想的，既然告诉你这个，你就得相信我。

她：那肯定，我信，我信。

他：这就对了。

她：咳，谁知道我怎么会有这一种小动作。

他：算了……

她：总之……一团糟。

他：行啦，也犯不着把这件事想得太夸张，你明白是怎么回事就好。

她：不管怎么样，真的对不起，之前让你那么尴尬。

他：你也说了，不是故意这样做的，对吗？

她：当然不是，绝对不是，不过还是很抱歉。

他：（带着甜蜜的微笑）那我们就和好了，对吧？

她：（点头）

他：不过下回你可得让旁人一眼就明白咱俩是一对儿。

她：（点头）

他：你要明确地表示出我是你的男朋友。

她：（点头）

他：而且你得主动说出来，尤其是我们跟你的朋友出去玩儿的时候，懂吗？

她：（点头）

他：你得跟别人介绍我。

她：（呆呆地点点头）

幕落

第二幕

他：你坐下。

她：干吗？我们要……

他：你坐下。

两人坐下。

他：这样吧，我们来好好聊聊，我想知道你的一切，包括你的过去，在我之前的……

她：（沉默）

他：快呀，我想听。

她：不嘛，要不，你先说。
他：我想先听你说。
她：不不，你先说，我再说。
他：那行吧。不过我不知道怎么跟你说……
她：你刚才不是说咱们好好聊聊吗？
他：是的，不过我看你这人在很多方面都挺谨慎的……
她：比如？
他：这还用说，咱俩还没做过那事呢，不是吗？
她：是的，我还需要一点儿时间。
他：这没问题，只是这样的情况以前我还没碰见过。过去我遇到的女的，那方面都比较放得开。
她：我明白，我别的都行，就这点做不到。
他：嗯，我明白，我们的感情还没到那一步。
她：不是说我们感情不好，只是那方面……
他：没事，我完全可以按照你的步调来。我只是想明明白白地告诉你我是怎样的一个人，没别的想法。而且，我还想给你讲件事情，这件事给我印象很深。
她：什么事？
他：你知道我是一名摄影师，对吧？
她：嗯，知道。
他：我跟你说过我给印度女人拍过照片。
她：是的。
他：这组照片在前些日子的一期《快报》上刊登出来了……不过，我认为编辑部没有选我拍出的最好的照片。
她：为什么？
他：因为他们选的都是一些跟社会问题相关的照片，当然啦，这也无可厚非，只是要是我的话，我会选那些更能代表她们生存状态与生活方式的照片。
她：具体是怎样的呢？
他：她们不仅有美丽的外表，更有内在美，她们言行得体、举止端庄，是贞节的象征。

她：哦，你说的这些确实是挺好的方面。
他：总之，她们没有西方女性所强调的那种性欲和对愉悦感的渴求。
她：不过，她们也不会个个都这样吧。
他：几乎所有印度女人都这样。反正对我而言，印度女人是美丽的代名词。

停顿

他：你知道两年前发生在我父亲身上的一件事吗？
她：发生什么事了？
他：他迷路了。或者说，是我们认为他迷路了。当时他想去我们乡下的老房子。可是柏油路绕得比较远，于是他想抄近路，走小道，结果在一个斜坡上摔倒了，便爬不起来了。
她：他在原地待了多长时间？
他：十八个小时，包括一整夜，那是冬天。当时他已经八十四岁了。
她：天哪，那后来救过来了吗？
他：我到处找他，教堂、酒吧、医院，甚至桥底下。我忘不了那时候我母亲的样子，她就一直站在那里，在家门口，这么等着。我就问自己，如果我在我父亲所在的位置，会往哪里走。我看了看乡下老房子的方向，决定朝那个方向走。我到了一个山坡，听见远处传来一个声音，像梦一样，我顺着声音的方向走下去……发现我父亲脸朝地躺在地上。我把他搀扶起来，问他：爸爸，你都好吗？他回答我说：还行。
她：天哪……
他：正是。一个八十四岁的老人，在天寒地冻的夜晚脸朝下趴了一晚上，跟我说：还行。
她：太不可思议了。
他：你知道他为什么没被冻死吗？
她：为什么？
他：因为我母亲，这个伟大的女人给我爸爸穿了好几条羊毛秋裤、羊毛秋衣、绑着皮筋的羊毛长袜，叠穿了好几条裤子、衬衣、长衫、外套、大衣、围巾、帽子和手套。如果不是穿成这样，早就被冻死了。这就是爱情。爱情连死亡都能战胜。

她：谢谢你给我讲了一个这么感人的故事。

他：现在该轮到你讲了。

她：（沉默）

他：说嘛，我很好奇……

她：（沉默）

他：从重要的开始说……

她：（沉默）

他：或者从最美好的事情开始……

她：嗯……

他：说呀。

她：这件事发生在罗马，一个晚上，当时我父亲去世不久，我还在悲痛之中。

他：（沉默）

她：当时我在一个朋友家。我们有一段时间没见了，于是聊到很晚。她知道我跟我父亲感情很好，所以就问了问我父亲去世以后的情况，以及我的生活状况。然后她跟我讲了她的问题，工作和感情的问题，反正就是这些。那时已经很晚了，第二天她还要上班，于是就没有再讲下去，睡觉去了。可我却翻来覆去怎么也睡不着，脑子里一直是我父亲的影子，我失眠了，还哭了。那段时间我还有焦虑症……

他：（沉默）

她：最后，我实在躺不下去了。朋友不吸烟，我只好下楼到门口的街边抽烟去。那是八月，已经凌晨三点。

他：（沉默）

她：我不知道你了不了解那个区域。我朋友家住在阿玛黛街和莫托莱瑟街交会的路口。

他：（沉默）

她：就在那个路口，那里有个报刊亭。

他：（沉默）

她：反正，我就在那里抽烟，在大门和报刊亭之间来回走。我正准备回楼里的时候，一个男人把我拖到一个小巷子里。

第一部分 《尘》剧本译文

他：（沉默）
她：就是这样子，他把我拖到一个小巷子里，然后就发生了不该发生的事情。
他：（沉默）
她：当时我既没有求救，也没有呼喊，至少没有立刻呼喊，整个人完全僵住了。
他：（沉默）
她：我当时想：把我杀了吧。就像那次，车被埋在雪里让我悲痛欲绝一样。我想：好吧，反正也要死了，你爱咋地就咋地吧。我整个人都麻木了。
他：（沉默）
她：接着，我记得，开过来一辆噪声超大的摩托车，仿佛给了我一个耳光一样，把我唤醒。我大叫起来，那个男的就逃跑了。
他：（沉默）
她：可是不该发生的已经发生了。
他：（沉默）
她：（苦笑）这就是为什么我这方面不怎么放得开，不是那种能玩出花活的。
他：有一天我会跟你学的。

幕落

第三幕

他：这幅画是谁画的？

她：我一个儿时闺蜜画的。

他：她叫什么名字？

她：克劳迪娅。

他：克劳迪娅……女字旁的娅？

她：是的。

他：画上有她的签名吗？

她：有。

他凑近瞧了瞧。

他：嗯，克劳迪娅。这幅画，你喜欢？

她：我不知道是不是一幅好作品，也不太清楚克劳迪娅的水平怎么样。但是，这是她送给我的生日礼物，每次搬家都会带上它。我觉得没什么不好的。挺好看的。反正，我觉得挺好看的。

他：那你看到画面中央的女人了吗？

她：看见了。

他：你觉得怎么样？

她：嗯……曲线很漂亮，身材匀称苗条，我喜欢……

他：那她脚下的这些女人呢？

她：这个……这都是抽象化了的女人，好像鱼，又有点儿像动物……我还从没想过是女人们，好像花朵。

他：嗯……

她：你觉得有什么不对吗？

他：难道你没看到那女人那张嚣张的脸吗？

她：这个，还真没有，以前没注意过。

他：你坐下。

她：（犹豫不决）

他：你坐下。

两人都在画前坐了下来。

他：你看她，身上带着一股狐媚。其他所有这些女人，一个挨一个的，全都被她踩在脚下。这不就是在搔首弄姿，卖弄性感吗？

她：有吗？

他：当然，在那儿赤身裸体的。

她：是没穿衣服，但不管怎么说，还是很雅致的。

他：这女人赤身裸体的，位于一幅鲜红色的画布中央，那张脸无比恶俗，跟狐狸精似的，脚底下还围了一圈蜘蛛精，卖弄风情。

她：你是这么看的？

他：是啊……看不懂，我觉得这是个很色情、很变态的东西。

她：这个……我还从没这么觉得过。

他站起身来继续讲话。

他：你看她的眼睛，那狭长的细眼。

她：反正她画的不是我。是她送给我的礼物，但画的不是我。

他：她画的正是你。她想送给你正是因为这就是你。你喜欢吗？

她：不会吧，我觉得不太像我，你看这眼神，就像你说的，看起来挺嚣张的。你不会觉得我也是这么嚣张，这么狐媚吧……

他：（用肯定的语气）其实还真有一点儿。

她：我可不这么想。

他：你为什么要修眉？

她：修眉？

他：我说眉毛。

她：我没怎么修啊，只是拔了几根多余的。不然很难看。

他：是吗？

她：是啊，真的，这多出来的三四根杂毛真挺难看的，我就把它们拔掉了。

他：但这样的眉形不适合你。

她：我没刻意去修什么眉形，只是拔去上面多余的杂眉。

他：但你的这个眉形有一种很凌厉的感觉。

她：还真没注意过。看起来很凶吗？

他：很凶。你不看你自己吗？

她：还真没仔细看过。

他：我让你看看。

他把一面小镜子拿到她面前。

他：你看，这种眉形会显得眼神很凶悍。
她：是吗？反正……我以前没有这样的感觉。
他：可是这是真的。你好好看看。
她：那我不应该修眉吗？
他：确实不应该。因为你是那种很甜的长相，像个小姑娘似的，而这样的眉形会改变你的眼神，让你看上去很轻佻，我不知道你明不明白我的意思。
她：我明白，但是，就算我不拔那几根杂眉，眉毛也还是这个形状呀。我爸的眉毛也是这种形状。
他：你确定吗？
她：（看着镜子里的自己）被你这么一说……可能确实会显得其中一只眼睛看起来比较凶……
他：我说的真没错儿。
她：那以后我就不修眉了？
他：你别修了。
他：（看着画）那这幅画怎么办？我们怎么处理？
她：这个……

他：你想留着它吗?
她：嗯，这幅画都跟我好多年了，至少十五年了。我没觉得它看起来不顺眼。
他：嗯，但是它展现了你轻浮的一面，我不喜欢。
她：不过就是一幅画而已。
他：是一幅画，没错儿，不过你把它扔掉或者烧掉的那一天，对你来说将会意义重大，说明你长大了。
她：你要是这么不喜欢的话……
他：我看着烦透了。

舞台灯光落下。

第四幕

光起。画没了。

他：你挪椅子了吗?
她：啊，是啊，我前天挪了一下。
他：你干吗挪椅子呢?
她：那啥，我挪椅子是因为……
他：你能看着我说话吗?
她：等会儿，我正在泡茶。
他：泡茶不重要。

她转过身来。

她：是，我是挪了椅子，因为……

他搬了把椅子放在她前面。

他：你能坐下来跟我说清楚吗?

她坐下。

她：坐下来了。那个，我刚刚跟你说……

他：缺了什么东西。

她：缺啥？

他：你没有说"亲爱的"。

她：咳，好，没错儿，亲爱的，是我的错，我的错。

他：很好。那我们再重新开始：你为什么要挪椅子？

她：亲爱的，我刚正想跟你说我挪椅子是因为……

他：我这么问，你不会觉得我很烦吧？

她：当然不会，亲爱的，我一点儿都不觉得烦，只是当时在泡茶，所以……

他：不，我是说，我这么问你，你不会生气吧……

她：不不不，瞧你说的，我愿意跟你讲。不过我记得不太清楚了，但我还在尽力回想。

他：这就对了，好好想想。

停顿

他：你想起来了吗？

她：亲爱的，前天我出门之前太着急了，所以好像不小心碰了一下椅子。

他：好像碰了还是碰了？

她：这个，我觉得碰了一下。椅子挪位了是因为我碰了一下。

他：你怎么会碰到椅子呢？这椅子又不是第一天放这儿的，对吧？我从来这里的第一天起就没有碰过它。你怎么会碰到椅子呢？

她：我真不太记得了……

他：那你再想想。

停顿

她：可能当时我还没太睡醒，起床上班急匆匆的，当时要迟到了。

他：你迟到了？你怎么会迟到呢？

她：我现在想不起来是不是真的迟到了……
他：不会想不起来的。你这个人从来不迟到，要是哪天早上真迟到了一回，你肯定会记得的。
她：嗯嗯，我可能是迟到了，可能那天闹钟没响。
他：所以，你迟到了是因为闹钟没响，你着急出门，所以碰到了椅子，导致椅子挪位。嗯，我懂了。可是闹钟为什么不响呢？闹钟一般不都响吗？
她：嗯，我也不太清楚，可能手机没电了。
他：所以你在不确定闹钟响不响的情况下就放心去睡觉了？
她：嗯，有一次发生过这种情况。但我现在想来，亲爱的，对不起，我又不太确定那天早上闹钟到底响没响了。
他：哦？那你再想想。

停顿

她：亲爱的，我真想不起来那天早上闹钟到底响没响了。
他：嗯……那么，这把椅子，你挪开多久了？
她：嗯，你瞧我这不是正在回忆整个过程嘛，亲爱的，对不起。
他：再好好想想。

停顿

她：亲爱的，你最后一次是什么时候来的？
他：我最后一次来的时候椅子还在那里。所以你是最近两三天才挪的？
她：那可能是吧，我应该是最近两三天挪的，如果你记得的话。
他：所以这两天你上班迟到了？
她：呃，没……不过，亲爱的，我又感觉不是……会不会是钟点工挪的呢……可能是来做清洁的希尔瓦娜？
他：那也就是说，要么是你上班迟到了，要么是希尔瓦娜……希尔瓦娜什么时候来做清洁的？
她：希尔瓦娜每周四来，今天周日，那可能是周四希尔瓦娜来做清洁的时候挪动了椅子。

他：可希尔瓦娜在你家干活多少年了？
她：到现在有三年了。
他：她有动你东西的习惯吗？
她：这得看情况……比如书她从来都不动的……但是，你知道，扫地的时候……
他：所以你上班没迟到啰？
她：没有，亲爱的，我想应该没有迟到。
他：那你刚才不是说闹钟没响吗？你之前可是说过闹钟没响。
她：但是，亲爱的，我其实也没有那么确定，对不起。我又重新回想了一遍。
他：你确定上班没有迟到？
她：是的，我确定。不，其实也不太确定。我不知道，亲爱的，对不起。我们给希尔瓦娜打个电话问问吧？我真不知道……我应该怎么办？我们给希尔瓦娜打个电话问问？我们问问是不是她挪的椅子？
他：没有必要给希尔瓦娜打电话。你上班到底迟到没迟到？
她：我好像觉得最近这两三天没有迟到……嗯，我想应该没迟到。
他：那你手机闹钟有问题？
她：这个也不太清楚，不过，我记得，亲爱的，最近，有一天早上，我急着出门。现在我不知道是不是周四发生的，还是上个星期，也想不起来那天到底挪没挪过椅子。
他：所以你没有听见闹钟。
她：不是没听见，就压根儿没响。
他：所以你的闹钟有问题。
她：嗯，是的，可能吧。不，应该没问题。我一般上两道闹钟。
他：那你应该上三道。不过你要是这也不记得那也不记得的话……亲爱的，你做事就不能长点儿心吗？
她：我可以再想想，亲爱的，对不起，可是……我发誓……我真的记不得了，是我的错……你要是觉得椅子放在这里碍事，我把它放回原处好吗？如果这椅子让你这么心烦……
他：我不烦。做事情时要专心有多重要，你现在明白了吗？

她：是的，我明白了，亲爱的，对不起，你说的对。

他：那把椅子放那儿碍你的事吗？

她：不，它不碍事，它一直都在那儿。可能我只是撞了一下。不过，你想放哪儿我们就把它放哪儿……如果你不喜欢……

他：不不，就搁那儿吧。还想给家里别的什么东西挪挪位吗？

她：没有，我不想挪家具。

他：不是挪家具的问题，是你回答问题的方式，"我挪椅子是因为我不记得了"。无论在什么情况下，你都不可以回答说，我不记得了，可能是清洁工，是我，是你，是猫。这样是不对的。如果你想挪一把椅子，你要跟我讲出个道理来。我们坐下来聊聊，看看你为什么想去挪那把椅子。

她：（看了看椅子）可是，亲爱的，说到底，这事有那么重要吗？

他：你认为这不重要。可是椅子不仅仅是一把椅子，椅子代表全部，可以是椅子，也可以是一只杯子、一棵树，或者隔壁男人。今天是一把椅子，可明天，就可能是一个人，一个男人。而我，需要了解你是否是一个靠得住的女人。

她：我以后会更小心的，亲爱的，你放心吧。

他：哦？那你会跟我坦白一切？

她：是的，当然，如果你想知道的话，亲爱的，你随便问。

他：我什么都可以问吗？

她：可以。

他：我在这里什么都可以动吗？一切都经得起考验？

她：当然，咱们是一家人。

他：我可以打开你的电脑，看你的邮件……

她：可以。

他：真的？

她：真的。

他：你确定？

她：很确定。

他：（露出孩童般的笑容）好吧，我信你。

20

他开始像孩子一样做鬼脸。

他：我可是很相信你哟。

她：（笑）

他：你喜欢我这么相信你？

她：（笑）

他：还是这样？

她：（笑）

他：还是这样更好？

她：（笑）

他：可能这样更好。

她：（笑）

他邀请她跳舞。

他：唱个歌呗？

她：现在？

他：嗯，现在就唱。

她唱起歌曲《我曾见过那面容》。

他们共舞，一吻曲终。

幕落

第五幕

他发现她正在阳台上抽烟。

他：哟。

她：对不起，我一下子戒不掉。需要一个过程……

他：我说什么了吗？我什么也没说呀。

她：这是今天第一根，也是最后一根。
他：不，我们昨晚可是说好了一起戒烟的。
她：你说的对，对不起，我没忍住。
他：还在这儿偷偷抽。
她：没有，我想跟你说来着，真对不起。
他：当然，你今天可以隐瞒一根烟……
她：这个……
他：你就是靠不住。
她：我这就把烟扔了。
他：（把香烟拿过来）别担心，我来处理就好，你坐下。
她：（迟疑）
他：你坐下。

她坐下。

他：对了……你还记得三天前你刚从学校出来的时候我给你打了个电话吗？
她：记得。
他：那你还记得之后我又给你打电话问你是否到家？
她：记得。
他：而那个时候你还在路上。你记得吗？
她：记得。
他：你当时说路上遇到了一个朋友。
她：哦，是呢，马可。其实他也不算是我的朋友，他是我哥的朋友。
他：咱再把电话里说的那个事重新捋一遍行吗？
她：当然可以，亲爱的，你尽管问吧。
他：你们在路上遇到了，还打了招呼，对吧？
她：是的。
他：怎么打的招呼？
她：啊，怎么打的？就是平常的贴面礼呀，你好，再见……
他：你当时在哪里？

她：我在走路。
他：他呢？
她：我已经跟你说过了，在这楼下的咖啡店里。
他：你那天化妆了吗？
她：没有。
他：穿哪件衣服呢？
她：一件橙色的连衣裙。
他：橙色的连衣裙？你就想惹人注目对吗？
她：没有呀，亲爱的，你想哪儿去了？那件裙子很宽松的，也不太好看。
他：没错儿，但是是橙色的。
她：是橙色，但是暗橙色，有点儿接近棕色。我去拿来给你看看？
他：不用拿，我知道是哪件。
她：一点儿都不引人注目……
他：那是你说的，可是马可就注意到你了呀。
她：亲爱的，真的是碰巧，我经过咖啡店时他正好从里面出来。
他：你就没有想过为什么这么巧，你路过的时候他就刚好从里面出来？
她：没有什么不对啊……
他：算了，不提了。那你们是握手还是亲吻？
她：没有，我们就是在脸上亲了一下，这样，这样。
他：握手了没？
她：握了。
他：所以你们亲吻的同时还握手了？
她：对，就是正常的贴面礼，也握手了。
他：怎么握的？
她：什么怎么握的？
他：跟我演示一下你当时具体怎么做的，成吗？你站起来。
她：（不知所措）
他：站起来。

她站起身来。他们重新演示了问候的场景。

23

他：也就是说你们既握手也亲吻了……像这样？

她：是的，就这样。

他：那他跟你握手时握得紧吗？

她：这个没太注意……就是两个人正常打招呼的那种……

他：那你们聊了很久吗？

她：没有，就聊了几句。

他：那你看到他的时候想了些什么？

她：想了些什么？这个，哎呀，马可呀，这都多长时间没见了……

他：那你当时想不想跟他打招呼？

她：这个我不知道，想了还是没想……他就站在我面前，我们就打了个招呼，我没去想要不要跟他打招呼之类的事情。

他：那你遇到他很开心吧？

她：这个倒没有……

他：那你觉得你见到他开心吗？

她：这个怎么说呢，就是那种正常的高兴，就是……我也不知道……有点儿好奇，真的好长时间没见了，所以就随便聊了一小会儿，你最近在忙什么，以前干吗了，后来怎么样了之类的。

他：那他看到你开心吗？

她：不清楚，也许吧，我感觉……就是正常的两个人打招呼。

他：你们打完招呼有说再见面吗？

她：我连马可的电话号码都没有。

他：所以你们没说我们下回再见之类的话。

她：没有。就说了句"拜拜"。

他：那你在回家路上，又回想过你遇到马可的事吗？

她：没有啊，为什么要想？没有。

他：所以之后一整天你就没再想这事了？

她：没有。

他拿起刚才从她手上接过的香烟，走到阳台上，把烟点燃。

幕落

第六幕

她独自一人,手机响了,是他打来的电话。

她:亲爱的,你都好吗?
他:嗯……
她:亲爱的,有什么问题吗?
他:没有,只是……
她:你是不是身体不舒服?
他:(沉默)
她:告诉我,亲爱的,有什么事?
他:我想问你一件事。
她:什么事?
他:一段时间以前跟你谈过的一件事。能说一下吗?
她:当然可以。
他:不过……旧事重提你介意吗?
她:没问题,亲爱的,我不知道是什么事情,但你可以尽管问我。
他:你记得那次跟我说在罗马发生的事情吗?

停顿

她:记得。
他:我们再提这个事你介意吗?
她:你想谈吗?
他:我想。
她:亲爱的,如果你想谈,我们就谈。
他:你能再把那件事细说一遍吗?
她:这个,亲爱的,我已经都跟你说过了。
他:能再说一遍吗?求你了。

意大利当代戏剧《尘》文本解读与翻译研究

停顿

她：从哪儿讲起？
他：从你下楼抽烟开始。
她：好吧。我跟你说过，我当时在朋友家，失眠睡不着，所以下楼去街边抽烟。
他：嗯……嗯……
她：我在门口散步，在大门和报刊亭之间来回走。
他：然后呢？
她：然后，当我正准备进楼的时候……
他：准备进楼的时候？
她：我被一个男的抓住，把我拖到一个小巷子里去。
他：他抓你之前，你看他了吗？你怎么看他的？
她：没有，我压根儿没看见。
他：没有？
她：没有，我都没有意识到有个人在那儿。
他：好吧，那你当时穿什么衣服？
她：那是夏天正热的那会儿，我穿着一条连衣裙。
他：当然啦，一条连衣裙，不要一秒钟就能被掀开……你下楼怎么不多穿点儿呢？
她：可是，亲爱的，八月份啊。
他：那你觉得一个正常人会半夜三点下楼去街边抽烟？
她：我不知道，亲爱的。
他：你有所期待吧？
她：亲爱的，我真没这个意思，早知道这样，我就不下楼了。
他：行了，然后呢？
她：然后是什么时候？
他：他把你拖到巷子里面的时候。

停顿

26

她：就发生那事了。

他：那他……进去了吗？

停顿

她：是的，亲爱的，是的。

他：那……他弄完了吗？完事了没？

她：我以前跟你说过了，后来来了一辆巨响的摩托车，噪声把我惊醒了，我开始叫喊，他就跑了。

他：所以……他没弄完啰？

她：没有。

他：那你之前怎么不叫呢？

她：我已经跟你说过了，亲爱的，之前我整个人处于麻木的状态。

他：是你喜欢吧？

她：（沉默）

他：你能跟我解释一下吗？

她：（沉默）

他：第二天早上你跟你朋友聊了些什么？

她：她问我昨晚发生了什么事情……

他：她啥都不知道，怎么会来问你呢？

她：因为她看到我很颓废。

他：那你跟她说了？

她：我跟她说我从楼梯上跌下去了。

他：妈的，你为什么不告诉她真相？

她：我也不知道，我跟你说了，我只知道当我跟她说我从楼梯上摔下去的时候我自己也这么相信了。

他：妈的，怎么可能？

她：可能我忘了。可能我当时还不能接受……我无法给自己一个交代……这事实在太夸张了。我还沉浸在父亲去世的哀痛之中，有很严重的焦虑症，那段时间简直糟透了。

他：这个我知道，那你之前怎么不叫呢？你怎么不在最开始几秒钟立刻呼喊求救呢？

她：（沉默）

他：你能跟我说说你为什么不大喊求救吗？

她：（沉默）

他：妈的，如果你半夜三点下楼在罗马的大街上散步，就穿着一件小薄裙，你想干吗？你等着人给你送花对吧？你跟我说清楚。说到底，这是你自找的……活该，你巴不得这样的事情发生。

她：（哭着）亲爱的，你告诉我应该怎么说我就怎么说，应该怎么想我就怎么想，应该怎么做我就怎么做。

他：你哭了？好吧，算了，不提了。你哭完了我再给你打电话。

她：我们去找别人说说好吗？我们去寻求帮助好吗？

他：不需要，自己的事自己解决。

他骤然挂上电话。

幕落

第七幕

他和她拥抱。

他：来，到这儿来。

她：不，我不敢。

他：不是吧，就一匹马有啥可怕的。

她：不，我怕……

他：你过来，喂它点儿吃的，它不会把你怎么着的。

她：我怕……

他：有啥好怕的，勇敢点儿，有我在呢。

她：我做不到。

他：别把手抽开，你看看，它也怕你。

她：嗯，但你别松手啊。

他：你放心，我把我的手放在你手下面。

她：哦，天啊，它来了，它来了……

他：放心，放心。

她：它到了，它到了？

他：你没感觉到痒吗？

她：（沉默）

他：它已经把你手上的东西吃掉了。

她：你在逗我吗？

他：你看，你乖乖的就对了。

她：哦，天啊，我简直不敢相信。我成功了，成功了。

他：看看你做到了吧？

她：谢谢，亲爱的，谢谢，这简直不可思议。

他：你真是个孩子。

幕落

第八幕

她低声哼唱《我会活下去》。

他：亲爱的，你介意给我泡杯茶吗？

她：好呀，亲爱的，你等一下，我马上来。

他：能此时此刻就泡吗？

她：好的好的，亲爱的，我正在穿衣服，稍等，我在擦干……

他：得，这茶我不喝了。

她：别呀，我这就来。是你跟我说要把身体擦干，不然会手脚冰凉，这个对身体不好，那个对身体不好。妈的，我被毛巾缠住了……（跑着过来）你为什么又不想喝了？

他：首先请礼貌用语。说话干净点儿好吧？什么妈的、他妈的，不能用，好吧?!

她：你说的对，对不起。

他：再就是……你听到你自己的声音了吗？

她：什么时候？

他：你洗澡唱歌的时候，听到了吗？

她：怎么了，我唱歌有什么不好吗？

他：无聊。

她：我以为你喜欢。

他：算了，不提了。还有语调，我们来讲讲语调的问题。

她：我语调有什么问题吗？

他："等一下，我正在穿衣服。"你知道我要是你我会怎么做吗？我会裸奔过来给你泡茶。

她：亲爱的，我说了我擦干身体就来的。我现在就去泡茶。

他：不想喝了。

她：为什么不想喝了？

他：就是不想喝了。你猜我现在去干吗？我去楼下咖啡吧点杯茶去！

她：别这样，有那个必要去楼下？我给你现泡，我们在家里喝。

他：不，我要去外面喝。

她：你想去外面喝？我们一起去外面喝茶？

他：不，我自己去。

她：干吗自己去啊？

他：看出来了，今天你根本不想和我一起喝茶。

她：怎么会呢？我们每天下午都一起喝茶。我们在家里喝吧，我马上就泡好，你要喝什么茶？绿茶还是白茶？对了，我们喝你从印度带回来的茶吧，那个特好喝。

他：嗯，反正我跟你是永远不会一起去印度的。

她：那为什么？你说过要带我去的。

他：你认为我会带一个这么对我说话的人去？"我过不来，等一下，我正在穿衣服"，我真没法带你去。

她：为什么？

他：因为你不爱我。

她：亲爱的，爱和茶有什么关系？

他：不是茶的问题。是我们感情出了问题。我们总是为感情吵架。

她：感情怎么了？

他：感情是所有一切的基础。在我之前你到底有过多少男人？

她：我跟你说过了，两个。两段时间都很长……

他：行了，其他的就别说了。我问你这些了吗？你说了：有过两个。可你知道在你之前我有过几个女人吗？零个。所以我爱你，而你不爱我。

她：我怎么会不爱你呢？

他：我们在玩斗地主吗？

她：什么意思？

他：你说了，你爱三个人，包括我。一个、两个、三个。三个中有一个是真爱。哪个是真爱？

她：都是真爱啊。认识第一个男朋友的时候，我才十七岁……

他：哎哟哟，总是你这第一个男朋友，十七岁的人生初恋，多么甜美，多么浪漫，你祈福你女儿也将拥有同样的爱情故事……这男的有啥特别之处吗？

她：他当时很喜欢我。

他：（吃惊）哦，是吗，他喜欢你。那我都能想象得出来你对他说过多少遍"我爱你"。

她：（沉默）

他：（沉思中）说，你对他到底说过多少遍"我爱你"？

她：（沉默）

他：说话啊？

她：也就三四次。

他：啊？你以前可是说只说过一次。看到了吗？你的回答总是前后不一。每次我们谈到这个问题，你的回答都不一样。看看，你就是靠不住！

她：有时候我真的记得不太清楚了，都多少年前的事了……

他：你可不是记性不好，你就是没一句真话。我们之所以老是不得不重复说那几件事，看到没，都是因为你逼我的。

她：难道又要把我十七岁的事情再拿出来说一遍吗？

他：是的，如果有必要，说五十遍也没问题。这样吧，我们泡个茶，印度茶也行，你不是喜欢那个茶吗，然后我们从头说起。

她：从头说起？

他：是的，所有一切，从头说起。坐下。

她：（带着轻微反对的语气）不，求你别这样，够了。

他：你怎么说话的？

她：不是，我想说……

他：不不，你再重复一遍你刚才的话？

她：我说……

他：用刚才那种语气。再说一遍……再说一遍……再说一遍！

她：（用刚才的语气）我说够了。

他给了她一记耳光。

幕落

第九幕

他：伊万是谁？
她：什么？
他：你没听见我说话？
她：谁？
他：伊万。Y-i 伊，w-an 万。
她：伊万，他姓什么？
他：你心里清楚。
她：我不认识叫伊万的人。
他：你确定？
她：我确定，亲爱的。
他：你再好好想想。
她：不用了，我已经告诉你了。
她：再给你最后一次机会。
她：真不知道。
他：所以你不认识他？
她：我不知道你在说谁。
他：伊万·多纳托，你不认识他？
她：不认识。
他：所以不存在一个叫伊万·多纳托的人啰？
她：有可能存在叫这个名字的人，但我不认识。
他：奇怪了，你父亲的葬礼他可是来了。
她：很多人都来了。
他：你和他一起坐车到的。
她：不会吧，我当时那么悲痛，哪还记得怎么到的葬礼现场。
他：可我却了解一切。我告诉你你是怎么到的。
她：你想说啥？

33

他：你非常了解伊万·多纳托。亲爱的，你接着说吧。

她：我要是知道干吗不告诉你呢？我真不知道这人是谁。

他：亲爱的，告诉我实话，我不会对你怎么样的。

她：实话已经告诉过你了。

他：（一字一顿地说）所以你告诉我说你不认识一个叫伊万·多纳托的人。

她：（摇头示意）

他：那好，我相信你。

停顿

他：你是个骗子。

她：我怎么是骗子？

他：我再给你一次机会。

她：什么机会？

他：伊万·多纳托是谁？

她：我不认识他。

他：你就认了吧，告诉我。

她：我已经跟你说了。

他：认识就认识，有什么好掖着藏着呢？

她：藏什么了？我真不知道你说的这个人是谁。

他：你心里一直有他。

她：哪里？

他：家里、教堂里、公墓里。

她：亲爱的，当时有很多人，亲戚、朋友、邻居……

他：而你却不记得他？

她：我谁都不记得了。

他：不记得？可是所有人都记得他。

她：所有人又是谁？

他：所有所有人。

她：谁跟你说这些事的？

他：谁说的并不重要。

她：亲爱的，这很重要。

他：你知道什么事最重要吗？

她：什么事情？

他：你应该主动跟我讲实话。

她：我一直都跟你说实话啊。

他：你是个骗子。

她：怎么是骗子了？

他：你是个骗子，因为你根本就认识他。要我给你提供点儿线索吗？

（沉默）

他：一辆灰色的标致，一点儿也想不起来？

她：世界上有成千上万辆灰色标致车。

他：那种内部是黄色的敞篷车？

（沉默）

他：你好好想想？

她：（沉默）

他：来，亲爱的，花点儿时间，好好想想。

停顿

他：你是个骗子，还是个婊子。

她：什么？

他：你是婊子，也是骗子。

她：你这么说什么意思？

他：昨天我碰到一个认识你的人。

她：是谁？

他：你的一个老乡。

她：我老乡？

他：世界真小，对吧？昨天我给你一个老乡拍影集来着。

她：那又怎么了？

他：我问他认不认识你，他说认识啊，伊万·多纳托的前女友。

她：我不是他前女友，我们从来没有在一起过。

他：啊哈，所以你认识他？

她：我没跟你说是因为没什么好说的。只是一个普通朋友。

他：如果只是一个普通朋友，你干吗不承认？

她：因为我们之间什么都没有，从来也没在一起过。

他：骗子，骗子还有婊子。

她：我发誓我没跟他交往过。

他：那你为什么没跟我说起过他？因为你们还在见面？

她：因为没有碰到需要说的时候。

他：可是今天我们说起他了。

她：是的，我知道，亲爱的，我错了。

他：你说你是不是骗子？

她：我只是害怕你又多想。

他：什么？你们还在见面？你们在一起有见不得人的事？这就是真相，对吧？

她：不不不。

他：行了，就算不是现在的事，那以前你们也是有一腿的。大家都知道。

她：你以往不是这么跟我说话的。为什么现在这么说话？

他：对待你这种人我只能这么说话。

她：我这种人怎么了？

他：你们这群婊子，是婊子，也是骗子。

她：你这么了解我。

他：看起来不像，但实际上是。你为什么不跟我说？

她：因为我们成天都在说我，我的过去，说了一遍又一遍，你问，我答，没完没了，翻过来倒过去就那些事，没完没了，没完没了……

他出其不意地过来抓住她的乳头拧掐。

他：对啊，总是同样的谎话，你们都一样，婊子、骗子。你跟其他婊子没有任何区别。我在那次你的朋友聚会上就看出来了。玛莉莲·梦露。我十六岁的时候就明白你们这群骚货的德行了。那时她说就爱我一个人，就吻我一个人，就跟我一个人手牵手散步……可你知道吗，我朋友问我：你都跟什么人在一起？你啥也没觉察出来吗？全村人都睡过她了，这事你还蒙在鼓里？你明白吗?！我十六岁就有过这样的经历，十六岁就遇到一个婊子和骗子。这骚气是你们从娘胎里带出来的，与生俱来的。年轻婊子老婊子都一样。还有画廊那个女的，直接把店关了，拉下金属门让我从后面来。就为了干这事。老公在家里带孩子，我们却在外面欢腾。你明白不？我给了她一切她所想要的。你们女人，只要在你们大腿中间抛个东西过来，你们就立刻没了魂儿。随时准备被操，就跟母狗一样。一个出现在我摄影展上的女学生也是，把男朋友丢家里，随便找了一个理由，"我头疼"，然后又回来找我。我给她治好了头疼。然后她让我操她，我就这么做了。我操了她，在她身上射了，还尿了一泡尿，真是我这一辈子最好的体验。

他说话的时候，她的身体开始颤抖，颤得越来越厉害，惊厥过去。他的脸色大变，吃惊地看着她，就像一个受惊的孩子。

他：我求你别这样，我求求你别这样，别这样，别这样……够了，行了，好了……（跑到她身边，把她从地上扶起搂在怀里）呜呜，呜呜……

结束了，结束了……一切都过去了，你看一切都过去了对不对？你感觉到了吗？你感到我在抱你吗？我们抱抱，一切都会好的。以前一直都是这样的，不是吗？我们抱抱，就啥事都没有了。这是你教我的。是你教我怎么亲热的，我以前都不懂怎么做。我当时就告诉你了，你还记得吗？我说会跟你学的。我们亲热亲热一切都会好的。一直都是这样的。我们亲热亲热，一切都会好的。

幕落

尾　声

她接到电话。对话在电话中继续。

他：你跟我讲清楚你跟这家伙到底有没有一腿？

她：谁啊？

他：你心里清楚得很，伊万·多纳托。

她：不不不，你又来了。

他：什么意思，你以为我们的问题解决了吗？我跟你讲，问题才刚刚开始。

她：现在才早上七点啊。我们昨夜才聊到三点。我彻夜未眠。现在还要去上班……

他：你可没把事情说清楚。

她：我什么都告诉你了，还有什么好说的？你想找他来谈一下吗？我让你跟他谈谈？

他：没有那个必要，我们俩的事情自己解决。你现在到我这儿来一趟。

停顿

她：我不去你那儿。

他：什么？你不到我这儿来？

她：现在不是见面的时候，我需要……

他：你需要什么？

她：我需要一点儿时间。

他：什么？你等等，我没明白，你需要一点儿时间？

她：是的，我不想来……现在。

他：哦，你不想来？那我现在开车过来找你，我们当面谈。

她：对不起，我只是需要一点儿时间而已。

他：你要当着我的面跟我说清楚，你明白吗？再说……你好好反省反省，去照照镜子，去照照镜子，去啊去啊。看看你脸上的皱纹。你眼周的皱纹会告诉你你是谁。

她：我的皱纹。我的皱纹里布满了血。我的皱纹就是我。可你又是谁？说到底，你凭什么来评判我的生活？好吧，我就是个坏女人，我有皱纹，你要吗？我就这样。

他：哈，你现在怎么跟我说话的？有本事你当面跟我讲清楚。我们在家里做个了断，你要亲口告诉我你就是这样的，我得接受你这么个德行。你看看你过去那些下三烂的事，谁会要你呀？能爱你的也只有我了。谁又会在乎你呀？你以为你是谁呀？你看看你都做了些什么，你看看你那些不堪的过往！我们在家把事说清楚，把我们的问题再捋一遍，你得跟我说清楚……

她：我还有什么好说的？你有完没完？

他：咋啦？你以为我忘了罗马那事了吗？

她：不不不，我真没有什么可以说的了，我都跟你讲过了。

他：你以为我忘了你说半夜三点下楼去街边抽烟的事？你以为你的理由说得通？

她站起身，把手机放在椅子上，转身离去，然后停住，接着转身看向手机。

他：喂？你认为你说服我了？你为什么不说话？你看到我们之间的差别在哪儿了吗？我这个人向来都是有问必答。说话啊！你在干吗，哭了？你在哭吗？算了，我不说了，你哭完了我再打过来。你哭完了没？反正你得回答我的问题。行，现在某人不作声了，现在县城的玛莉莲·梦露不回答问题。这算什么？你生气了？你身体不舒服？小可怜，来，说话。你干吗不回我话呀？说话呀。亲爱的，来，我求你了，说话。你知道的，不是吗？我来你这儿，我们亲热一会儿就什么事都没了。一直都是这样，不是吗？我们抱抱，什么事都好了……

她站着，一动不动，眼睛看着手机。

幕落

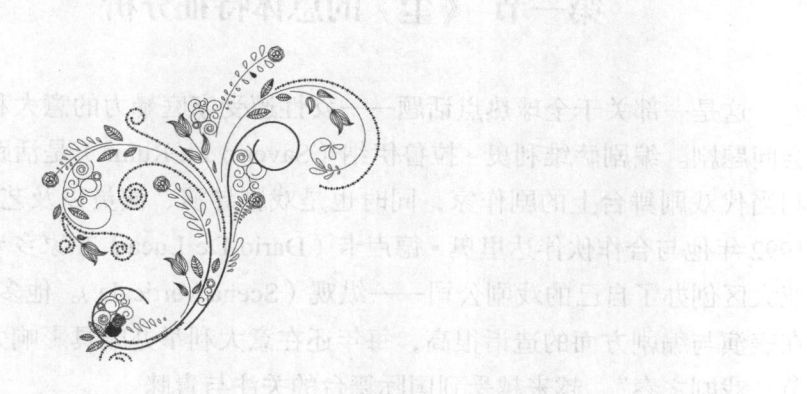

第二部分　《尘》文本解读

第一节 《尘》的总体特征分析

　　这是一部关于全球热点话题——女性遭受家庭暴力的意大利当代社会问题剧。编剧萨维利奥·拉鲁伊纳（Saverio La Ruina）是活跃在意大利当代戏剧舞台上的剧作家，同时也是戏剧导演、演员以及艺术总监。1992年他与合作伙伴达里奥·德卢卡（Dario De Luca）在家乡卡拉布里亚大区创办了自己的戏剧公司——纵观（Scena Verticale）。他多次拿奖，在表演与编剧方面的造诣很高，每年还在意大利举办颇具影响力的戏剧节"戏剧之春"，越来越受到国际舞台的关注与青睐。

　　拉鲁伊纳以看似轻松平实的叙述风格和独特的人物形象刻画而著称，作品展示了剧作家对人性的洞悉，以类似化学解剖的方式呈现人物内心的苦楚与伤痛。《尘》与拉鲁伊纳此前的两部作品《丢人现眼的女人》和《波尔托太太》被称为该剧作家的暴力主题三部曲。不同的是，前两部以独白的形式，采用的是拉鲁伊纳的家乡方言（卡拉布里亚大区方言），展现了作者极具个人特色的戏剧语言，而《尘》则以标准意大利语对话展开主题，全剧只有男女主人公两个人物角色。拉鲁伊纳亲自出演具有控制型人格的男主角——表面强势而内心却极其脆弱，没有能力正确地去爱，让其伴侣③备受摧残。剧本语言平实直白、朴实无华，有意地还原两性关系对话的真实感。三部曲展现了不同社会阶层的故事和生活，前两部作品展现了意大利南部大字不识的农民故事，而《尘》则展现了当代职场人生活：她是一位教师，而他是《快报》杂志的知名摄影师，他们在意大利都市中工作与生活，具有较高的社会地位和文化修养。如果说前两部作品主要表现的是身体暴力，《尘》则主要从心理和语言角度来展现，这样的暴力方式是隐性的，开始的时候不易察觉，而最后却能发展成撕心裂肺的痛。特别是语言暴力，充斥着我们的日常生活，它们是如此细微，如此持久，弥漫在我们的周围。有时候让我们难以察觉，却又无处不在，像灰尘一样。是的，正像灰尘，将女主人包

---

③　首演场次女主角由 Jo Lattari 扮演，之后由 Cecilia Foti 出演。

围，让其变得迷惘，失去自信与勇气，丧失对生活微笑的能力，渐渐迷失自我。这便是这部剧名字的由来［作者说明这一隐喻来自一个反暴力中心的工作人员，为了创作，作者做了大量阅读、访谈与研究调查（Albanese，2017：107）］。通过对病态与脆弱情感的心理机制与倒错动因进行考察，解剖施暴前期的灰色地带，本作品着重体现了语言暴力与控制型人格。

一、这是一个关于心理暴力的故事

舞台中央只有一张桌子、两把椅子与一幅画。一个男人与一个女人，我们不知道他们的名字，只知道他们开始交往不久，两人刚从朋友聚会归来。从第一幕便能看出这是一段有问题的爱情关系。她天真而平和，而他却对她进行漫长而缓慢的心理拷问，责怪女主人公在聚会上忽略了他的存在，没有正式向朋友们介绍他们之间的关系。女主人公从开始的尴尬，逐渐转变为自责、挫败，并不断受到男主人公的侮辱，充满卑微感的话语贯穿全剧，比如："我很抱歉""对不起，亲爱的""亲爱的，对不起，你说的对"。女主人公从一开始便不断道歉，特别是当男主人公指出女主人公喜欢用不恰当的方式抚摸自己的脖子从而发出勾引信号的时候，女主人公完全陷入尴尬而局促不安的境况。

女主人公家里挂在墙上的唯一一幅画，是她儿时闺蜜送的礼物，被男主人公斥责，说画上的形象就是她本人，是暴露的、病态的、色情的，"我看着烦透了"。果然，在接下来的场景中，这幅画就再也没有出现。在同一幕中，男主人公看到女主人公修了眉毛，指出这样的眉形不适合她，显得眼神太凌厉，并暗示她以后不要再修眉，她仍旧是不断道歉。

男主人公的掌控欲一发不可收，指责女主人公在跟他说话时没有带上称呼"亲爱的"；双方说好以后都不再抽烟，而当男主人公发现女主人公违约开始抽烟时，控诉她不靠谱，不可信任，女主人公感到万分惊恐，便再一次开始道歉；他盘问为什么家里的一把椅子位置有所改变，女主人公再次惶恐，并向他道歉；他开始设想各种椅子移位的原因，这一场景持续时间很长,充分展现了男主人公的病态心理与对话的紧张气氛(第四幕)。

剧本中时而会闪现出一些貌似柔情的场景,实际上也是男主人公对女主人公隐性的情感敲诈,最终使两人关系不断恶化,如,他说:"我想知道你的一切,包括你的过去,在我之前的……",这时候女主人公便一五一十地吐露了自己多年以前在罗马被强暴的辛酸血泪史,而男主人公却避而不谈自己,而是标榜式地谈起纯洁的爱情模范,即"我母亲,这个伟大的女人",对父亲是如何如何关爱,最后得出"伟大的爱情能战胜死亡"的结论。来自男主人公的蛮横审讯愈演愈烈,女主人公经常被迫接受无端的病态围攻而变得越来越脆弱,对男主人公言听计从,不断重复讲述同样的事情——突如其来的强暴、与朋友们的邂逅、与前任男友的关系。男主人公无休止地追问女主人公对前任到底说过多少遍"我爱你":

他:感情是所有一切的基础。在我之前你到底有过多少男人?

她:我跟你说过了,两个。两段时间都很长……

他:行了,其他的就别说了。我问你这些了吗?你说了:有过两个。可你知道在你之前我有过几个女人吗?零个。所以我爱你,而你不爱我。

她:我怎么会不爱你呢?

他:我们在玩斗地主吗?

她:什么意思?

他:你说了,你爱三个人,包括我。一个、两个、三个。三个中有一个是真爱。哪个是真爱?

她:都是真爱啊。认识第一个男朋友的时候,我才十七岁……

他:哎哟哟,总是你这第一个男朋友,十七岁的人生初恋,多么甜美,多么浪漫,你祈福你女儿也将拥有同样的爱情故事……这男的有啥特别之处吗?

她:他当时很喜欢我。

他:(吃惊)哦,是吗,他喜欢你。那我都能想象得出来你对他说过多少遍"我爱你"。

她：（沉默）

他：（沉思中）说，你对他到底说过多少遍"我爱你"？

她：（沉默）

他：说话啊？

她：也就三四次。

他：啊？你以前可是说只说过一次。看到了吗？你的回答总是前后不一。每次我们谈到这个问题，你的回答都不一样。看看，你就是靠不住！

她：有时候我真的记得不太清楚了，都多少年前的事了……

他：你可不是记性不好，你就是没一句真话。我们之所以老是不得不重复说那几件事，看到没，都是因为你逼我的。

她：难道又要把我十七岁的事情再拿出来说一遍吗？

他：是的，如果有必要，说五十遍也没问题。这样吧，我们泡个茶，印度茶也行，你不是喜欢那个茶吗，然后我们从头说起。

她：从头说起？

他：是的，所有一切，从头说起。坐下。

她：（带着轻微反对的语气）不，求你别这样，够了。

他：你怎么说话的？

她：不是，我想说……

他：不不，你再重复一遍你刚才的话？

她：我说……

他：用刚才那种语气。再说一遍……再说一遍……再说一遍！

她：（用刚才的语气）我说够了。

他给了她一记耳光。

——第八幕

男主人公对于女主人公过去交往中的任何一个细节都不放过，反复盘问与审讯。对于她来说，已经记忆模糊的某一个前任——一个名叫伊万的男人和强暴事件一起成为男主人公列举的控诉她的主要罪状。接连不断的责问与折磨逐渐消减女主人公的自我认同感，使其精疲力竭，她成了一个骗子，一个活该（夜遇强暴）的罪人。他再一次在电话的一端逼迫她第 n 次细述多年前偶发的强暴事件之后，甩出这样的话语：

他：妈的，如果你半夜三点下楼在罗马的大街上散步，就穿着一件小薄裙，你想干吗？你等着人给你送花对吧？你跟我说清楚。说到底，这是你自找的……活该，你巴不得这样的事情发生。

她：（哭着）亲爱的，你告诉我应该怎么说我就怎么说，应该怎么想我就怎么想，应该怎么做我就怎么做。

他：你哭了？好吧，算了，不提了。你哭完了我再给你打电话。

她：我们去找别人说说好吗？我们去寻求帮助好吗？

他：不需要，自己的事自己解决。

——第六幕

男主人公用尽一切办法操控女主人公，费尽心思地对其进行洗脑，以消减其自我价值感，让女主人公觉得自己一无是处。男主人公最终暴跳如雷，心灵深处病态的妒忌、恐惧、消极与脆弱像烟尘一般弥漫开来，以残忍而暴虐的姿态迁怒于惊恐不安的女主人公身上，让她深深陷入多年前被强暴的酸楚中不能自拔：

他：你说你是不是骗子？

她：我只是害怕你又多想。

他：什么？你们还在见面？你们在一起有见不得人的事？这就是真相，对吧？

她：不不不。

他：行了，就算不是现在的事，那以前你们也是有一腿的。大家都知道。

她：你以往不是这么跟我说话的。为什么现在这么说话？

他：对待你这种人我只能这么说话。

她：我这种人怎么了？

他：你们这群婊子，是婊子，也是骗子。

她：你这么了解我。

他：看起来不像，但实际上是。你为什么不跟我说？

她：因为我们成天都在说我，我的过去，说了一遍又一遍，你问，我答，没完没了，翻过来倒过去就那些事，没完没了，没完没了……

他出其不意地过来抓住她的乳头拧掐。

——第九幕

剧中极度地顺从和自我身份感丢失的女性形象也是作家着力表现的一个方面。施虐者指手画脚，百般指责、贬低和侮辱，目的是让受害人在短期之内更听话、更服从，从表面上显得关系得到改善。受害人的自尊和自我价值感严重受损，被逐步摧毁而不自知，处理问题会丧失自信，能力不断退化。这种折磨更像是钝刀子杀人，女主人公要忍受长期、反复的折磨，甚至接受这样的暗示，不禁让人联想到"温水煮青蛙"的道理。这一论述来自格雷格里·贝特森的著作《心智与自然》。贝特森认为，把青蛙放入温水中慢慢加热，青蛙会在不知不觉中适应水温，到了最后，当它觉察水温不再是自己承受范围之内的时候，为时已晚，已经失去了跳跃的能力，最后被煮死。贝特森通过这一近乎科学的故事来解释，当我们周边的环境变化极其缓慢、不易察觉时，人们很难感知这样的变化。贝特森写道："感知细小变化的难点在于，人们既有对骤变的高度敏感性，也同样具有对自然的适应能力。"（Bateson，1984：133-134）正如剧中女主人公对于男主人公病态的说辞也同样表现出不断适应的特征，她逐渐陷入悲剧中而无法感知，对逐渐被侵蚀的两性关系毫无洞察。结尾没有以女性被残害致死这样的惨痛结局收尾，而是采用了开放式的收尾，给予读者想象的空间。这给读者留下一个问题，即青蛙是否能在完全丧失跳出热水的力气之前及时反应过来，以逃脱其被热水煮死的命运？

二、平实而犀利的语言与非语言因素

该剧的语言风格平实，这是作者拉鲁伊纳精心安排的修辞策略。他把貌似平白的语言转为折磨灵魂的利器，看似简单的语句蕴含着深刻的

意大利当代戏剧《尘》文本解读与翻译研究

冲突与两性关系的内爆，司空见惯的语言表达其实无处不是精准设下的埋伏，正如亚里士多德在其著作《诗学》论悲剧的部分中强调台词的美在于清晰明畅又不流于平淡无奇，过于华丽的辞藻会使性格和思想模糊不清（姚介厚，2001：22）。

该剧本于 2015 年被翻译成英文，发表在杂志 The Mercurian 上，译者托马斯·辛普森写道："尽管台词朴实到近似苍白，我们从戏剧最初的剧情发展便能感知到，语言成为威胁、掌控的载体，成为令人发指的狂躁心理对一个无辜者进行侵蚀的工具。"（Simpson，2015：174）该剧的对话摒弃任何形式的抒情风格，而是在句法与风格上进行剖析，在语义和语用方面字字雕琢。例如第四幕中关于挪椅子的场景，便是一个最好的例证。男主人公对女主人公进行一连串审问，为的是满足他的控制欲，想掌控她生活每一个时刻的病态心理。当男主人公得知女主人公在路上偶遇一个多时未见的老朋友马可时，也采用了同样的发问方式，试图把过去发生事情中的任何一个细节都掰开来解析，成为其审讯的内容：

他：你当时说因为路上遇到了一个朋友。

她：哦，是呢，马可。其实他也不算是我的朋友，他是我哥的朋友。

他：咱再把电话里说的那个事重新捋一遍行吗？

她：当然可以，亲爱的，你尽管问吧。

他：你们在路上遇到了，还打了招呼，对吧？

她：是的。

他：怎么打的招呼？

她：啊，怎么打的？就是平常的贴面礼呀，你好，再见……

他：你当时在哪里？

她：我在走路。

他：他呢？

她：我已经跟你说过了，在这楼下的咖啡店里。

他：你那天化妆了吗？

她：没有。

他：穿哪件衣服呢？
她：一件橙色的连衣裙。
他：橙色的连衣裙？你就想惹人注目对吗？
她：没有呀，亲爱的，你想哪儿去了？那件裙子很宽松的，也不太好看。
他：没错儿，但是是橙色的。
她：是橙色，但是暗橙色，有点儿接近棕色。我去拿来给你看看？
他：不用拿，我知道是哪件。
她：一点儿都不引人注目……
他：那是你说的，可是马可就注意到你了呀。
她：亲爱的，真的是碰巧，我经过咖啡店时他正好从里面出来。
他：你就没有想过为什么这么巧，你路过的时候他就刚好从里面出来？
她：没有什么不对啊……
他：算了，不提了。那你们是握手还是亲吻？
她：没有，我们就是在脸上亲了一下，这样，这样。
他：握手了没？
她：握了。
他：所以你们亲吻的同时还握手了？
她：对，就是正常的贴面礼，也握手了。
他：怎么握的？
她：什么怎么握的？
他：跟我演示一下你当时具体怎么做的，成吗？你站起来。
她：（不知所措）
他：站起来。

她站起身来。他们重新演示了问候的场景。

他：也就是说你们既握手也亲吻了……像这样？
她：是的，就这样。
他：那他跟你握手时握得紧吗？
她：这个没太注意……就是两个人正常打招呼的那种……

他：那你们聊了很久吗？

她：没有，就聊了几句。

他：那你看到他的时候想了些什么？

她：想了些什么？这个，哎呀，马可呀，这都多长时间没见了……

他：那你当时想不想跟他打招呼？

她：这个我不知道，想了还是没想……他就站在我面前，我们就打了个招呼，我没去想要不要跟他打招呼之类的事情。

他：那你遇到他很开心吧？

她：这个倒没有……

他：那你觉得你见到他开心吗？

她：这个怎么说呢，就是那种正常的高兴，就是……我也不知道……有点儿好奇，真的好长时间没见了，所以就随便聊了一小会儿，你最近在忙什么，以前干吗了，后来怎么样了之类的。

他：那他看到你开心吗？

她：不清楚……也许吧，我感觉……就是正常的两个人打招呼。

他：你们打完招呼有说再见面吗？

她：我连马可的电话号码都没有。

他：所以你们没说我们下回再见之类的话。

她：没有。就说了句"拜拜"。

他：那你在回家路上，又回想过你遇到马可的事吗？

她：没有啊，为什么要想？没有。

他：所以之后一整天你就没再想这事了？

她：没有。

——第五幕

剧本另外一个显著特征便是对话语标记的广泛而系统的运用。话语标记在人们日常生活对话中无处不在，因此广泛地运用到剧本创作当中，不仅有助于形成语篇的连贯性与条理性，并且从语用的角度行使重要功能。"话语标记承载了其他含义，在不同的语言背景与非语言背景中行使不同的功能"，"这些功能包括强化话语的结构、衔接句子、使语篇连贯、人际功能明晰化以及强化对话的互动结构"（Bazzanella,

1994：36-59）。

从词的分类与词性的角度看，话语标记涵盖连词（如"但是""而且"）、副词和副词短语（如"当然""也就是说""事实上"等），还包括一些动词结构（如"你看""我觉得""你瞧"）、语段（如"打个比方""就好比""正如你们所知"）以及叹词（如"啊""嗯""哦"），甚至还包括停顿与沉默。这些话语标记有时候和话语其他部分不一定会有句法上的逻辑关系，但从语用学的角度来说，它们可以代表一个完整的语段，具有"多重功能性"（Bazzanella，1994：36-59）。也就是说，不仅起到组织和衔接文本或者话语的"元文本"功能，在对话体文本中，关于认知、心理与情感过程方面的表现功能更为突出。比如，像"你看""那个""那个啥"这样置于句首的话语标记，意味着说话人提出被关注的请求；而诸如"这个""不过""嗯""那""哎"等这样的话语标记可以表达说话人同意或者不同意等观点，以及怀疑、迟疑、无奈、遗憾等内心情感；还有一些话语标记，如"不是吗？""你不这么觉得吗？""不对吗？""你明白吗？""你懂不懂？"，则表示说话人需要听话人确认信息的收到与理解。除了说话人，听话人也有一些常用的话语标记，以表示听到信息后的反馈，如"是啊""真的呀""那我明白了"，也可以用一些话语标记来表示需要对方进一步做出解释，如"这怎么可能？""不会吧？"等。根据特定的语境和话语标记在句中所处的特定位置，话语标记将承载不同的语用含义。同样的话语标记，放在句首、句中或者句尾，可能将拥有不同的语用效果。

拉鲁伊纳的这篇创作中，话语标记运用十分广泛，涵盖了各种类型，比如连词"ma"，这一话语标记置于句首时，往往表达说话人不同意对方意见的立场，然而在不同的语境下，对应中文中的不同表达，不可一概而论，同类的话语标记还有"guarda""dài"等，这类词在文本中出现极其频繁，对应的翻译策略也不尽相同。相关部分的讨论见翻译研究章节。

该剧中使用频繁的话语标记还包括"你看""你瞧""我不知道""我不清楚"，尤其是后两个，常常会出现在女主人公的话语体系当中，面对男主人公咄咄逼人的盘问，女主人公话语中反复出现这样的标记，甚至在同一句话当中多次出现，表现出她陷入不知所措的窘境。比如在某一个场景中，女主人公回答说："是的，我确定。也不太确定。我不知道，亲爱的，对不起……这个我也不太清楚……我也不知道该怎么办"，反复出现的话语标记表现出说话人需要思考，以此来争取时间，同时也表现出被逼无奈、无从作答的状态。

除了话语标记赋予的含义之外，一些非语言因素也同样起到了重要的表意作用，如手势、空间关系、动作与表情等，包括身体的位置与运动、眼神的方向、姿势、面部表情等，还包括语调、音量、语势、音域、音强、音质、节奏、停顿、重音等等。意大利语言学家阿尔巴诺·雷奥尼指出，上述这些因素又跟句法和语义紧密相连，而韵律又是一个不可或缺的因素，韵律的改变将会造成词句在语义—语用方面的变化，听话人能很清晰地辨认这些变化（Leoni，2009：45）。关于这个方面，雅各布森在《普通语言学文论》中谈到莫斯科斯坦尼斯拉夫斯基剧院一个资历很深的演员跟他讲述的一个案例：一位著名的导演请这位演员在试演过程中用"今天晚上"这个词，通过改变语调和表达方面的各种微妙变化来挖掘其在具体语境中的不同含义，该演员模拟了四十种不同情景，表达出四十种不同的内涵（Jakobson，2005：187）。

另外，不少学者指出，叹词在韵律方面也起到了非常关键的作用（Andorno，2003：45）。叹词是人出于表达思想感情的需要而发出的声音，是主观的心理现象，声音结合着思想感情。雅各布森指出，叹词不仅具有独特的语音结构，还有其独特的句法功能（叹词不是句子成分，而是相当于一个句子）（Jakobson，2005：186）。这一点说明了叹词的独立性特别强，主要是独立成句，一般不与其他成分相结合。该剧中出现频率最高的意大利语叹词，诸如"mah""beh""boh""ehm""ah"等，也具有上述特点，即不充当句子成分，而是随着语境的改变而承载不同的含义（比如"beh"这一叹词，可以表达疑问语气或者非疑问语气，在不同的语境中可以表达不同的情感，如吃惊、失望、欲言又止、困惑、不解、反对等），因此这类词往往没有固定的翻译模式，需要依据具体语境具体分析，关于这方面的讨论参见第三部分第三节。

意大利语叹词具有独立完整的语言功能，我们往往可以用一句话来解释一个叹词的含义。比如："ehi"相当于说"请听我说"，"uff！"相当于"烦透了"。伊莎贝拉·铂姬是研究意大利叹词方面的专家，她全方位总结了意大利语叹词的分类与用法，并指出，叹词除了成为交际情境情感走向的载体，反映说话人不同的心智状态以外，还能表达一个完整的语言行为，是交际中最接近本能反应的表达，具有即时性、语音短时性、认知简明性与语言简洁性等特征（Poggi，1981：22）。

《尘》这部剧当中，叹词的使用非常广泛，成为剧本不可或缺的结构组成部分，特别是像"mah""uhm"或者"dài"这样的词，在表现两个人物内心冲突的心理状态中发挥了非常重要的作用。比如第一幕开场的对白：

她：今晚玩儿得挺开心的呢，是不是？
他：哼（四声）……（源语文本：Uhm...)
她：我那些朋友咋样？你跟他们玩儿得来吗？
他：哼（四声）……（源语文本：Uhm...)

话语标记本身听上去没有权势，但实际上话语标记给予说话人发挥权势的方式，所以说话人经常使用话语标记来实现很多不同的话语功能。比如，说话人可以使用话语标记作为语言性的面具，来实现隐含的目的，对听话人反映出不公开的敌意。上述场景在该剧开场对白，男女主人公从一个聚会出来，女主人公玩儿得很开心，没有觉察到男主人公的不悦，男主人公没有正面回答女主人公的问题，而是用话语标记"Uhm"来表达隐含的不满。

除此以外，停顿和沉默这样高频出现的话语标记在对话文本当中也起到了至关重要的作用。《尘》中出现的停顿或者沉默已经不再是独白体中影射言外之意或者人物被感动的情绪之类的叙述作用，而是烘托紧张的气氛，彰显男主人公肆虐强势的心理特征。巴扎内拉认为，"饱满的停顿或者延长的沉默能使对话矛盾升级"（Bazzanella，1994：167）。比如剧中男主人公对于女主人公的前任关系纠缠不休的情景：

他：你是个骗子。

她：怎么是骗子了？

他：你是个骗子，因为你根本就认识他。要我给你提供点儿线索吗？

（沉默）

他：一辆灰色的标致，一点儿也想不起来？

她：世界上有成千上万辆灰色标致车。

他：那种内部是黄色的敞篷车？

（沉默）

他：你好好想想？

她：（沉默）

他：来，亲爱的，花点儿时间，好好想想。

——第九幕

　　这里，双方的对话中都出现了沉默，然而烘托出的气氛却迥然不同。女主人公的沉默更是一种被迫无奈、无所适从的状态，充满卑微和尴尬。当女主人公向男主人公坦白多年前被强暴的苦楚，如果脱离语境单独看此段的文本，男主人公的沉默可能会被误认为是一种同情，而放到语境当中，读者就会明白，这里的沉默充满紧张的气氛，并弥漫着怀疑、嫉妒等多种情绪。又如：

他：现在该轮到你讲了。

她：（沉默）

他：说嘛，我很好奇……

她：（沉默）

他：从重要的开始说……

她：（沉默）

他：或者从最美好的事情开始……

她：嗯……

他：说呀。

她：这件事发生在罗马，一个晚上，当时我父亲去世不久，我还在悲痛之中。

他：（沉默）

她：当时我在一个朋友家。我们有一段时间没见了，于是聊到很晚。她知道我跟我父亲感情很好，所以就问了问我父亲去世以后的情况，以及我的生活状况。然后她跟我讲了她的问题，工作和感情的问题，反正就是这些。那时已经很晚了，第二天她还要上班，于是就没有再讲下去，睡觉去了。可我却翻来覆去怎么也睡不着，脑子里一直是我父亲的影子，我失眠了，还哭了。那段时间我还有焦虑症……

他：（沉默）

她：最后，我实在躺不下去了。朋友不吸烟，我只好下楼到门口的街边抽烟去。那是八月，已经凌晨三点。

他：（沉默）

她：我不知道你了不了解那个区域。我朋友家住在阿玛黛街和莫托莱瑟街交会的路口。

他：（沉默）

她：就在那个路口，那里有个报刊亭。

他：（沉默）

她：反正，我就在那里抽烟，在大门和报刊亭之间来回走。我正准备回楼里的时候，一个男人把我拖到一个小巷子里。

他：（沉默）

她：就是这样子，他把我拖到一个小巷子里，然后就发生了不该发生的事情。

他：（沉默）

她：当时我既没有求救，也没有呼喊，至少没有立刻呼喊，整个人完全僵住了。

他：（沉默）

她：我当时想：把我杀了吧。就像那次，车被埋在雪里让我悲痛欲绝一样。我想：好吧，反正也要死了，你爱咋地就咋地吧。我整个人都麻木了。

他：（沉默）

她：接着，我记得，开过来一辆噪声超大的摩托车，仿佛给了我一个耳光一样，把我唤醒。我大叫起来，那个男的就逃跑了。

他：（沉默）

她：可是不该发生的已经发生了。

他：（沉默）

她：（苦笑）这就是为什么我这方面不怎么放得开，不是那种能玩出花活的。

他：有一天我会跟你学的。

——第二幕

三、重复的话语，重复的场景，重复的执念

阿尔巴奈瑟研究拉鲁伊纳的创作风格。她指出，话语重复是该剧作家的主要创作风格之一，也是极具其个人特色的修辞方式（Albanese，2017）。在作家的独白剧当中，词句的重复往往起到加强节奏、音律的作用，并在读者中产生共鸣，而在这部戏中，重复起到的主要作用是衬托男主人公令人无法喘息的执念与纠缠不清，男主人公的语言暴力弥漫开来，让人窒息：

例一：

他：你坐下。

她：干吗？我们要……

他：你坐下。

两人坐下。

他：这样吧，我们来好好聊聊，我想知道你的一切，包括你的过去，在我之前的……

——第二幕

例二：

他：你可不是记性不好，你就是没一句真话。我们之所以老是不得不重复说那几件事，看到没，都是因为你逼我的。

她：难道又要把我十七岁的事情再拿出来说一遍吗？

他：是的，如果有必要，说五十遍也没问题。这样吧，我们泡个茶，印度茶也行，你不是喜欢那个茶吗，然后我们从头说起。

她：从头说起？

他：是的，所有一切，从头说起。坐下。

——第八幕

例三：

他：[……]我们抱抱，一切都会好的。以前一直都是这样的，不是吗？我们抱抱，就啥事都没有了。[……]我们亲热亲热一切都会好的。一直都是这样的。我们亲热亲热，一切都会好的。

——第九幕

在剧本的最后，也采用了同样的修辞方式：

他：[……]亲爱的，来，我求你了，说话。你知道的，不是吗？我来你这儿，我们亲热一会儿就什么事儿都没了。一直都是这样，不是吗？我们抱抱，什么事都好了……

——尾声

男主人公这些不断重复的话语，仿佛一个咒语，喋喋不休、絮絮叨叨、无休无止，只为了让一场病态的终将走向终结的爱情关系苟延残喘。

除了上述说到的对于单个词语或者句式的重复，该剧中的场景重复也是独具特色的方面。如何表现两性关系的侵蚀与恶化，作者没有选择在舞台上表现身体暴力或者凶杀事件（除了个别场景，如男主人公给了女主人公一记耳光等等），在结局的安排上也选择了开放式结尾，作者着力用不断复制的舞台场景和人物台词来表现人物关系的恶化，这些台词贯穿全文，反复出现，如"坐下""我们来聊聊""沏壶茶好好聊聊""我们再从头捋一遍"等等，直到最后一刻落幕。舞台上光起光落，来来回回，反反复复，作者意图拆解男女主人公相处的行为，像是放在试管中观察一样，从而探寻病态的根源，找寻病态心智扎根的土壤。场景的重复开启仿佛是客观的镜头摄像,导演让观众看到一幕幕他们不想看到的场景,这场景是如此客观、冷静,没有布景美化,只有一幕幕重复度很高的极简场景。阿尔巴奈瑟则认为这样的艺术表现形式类似安迪·沃霍尔的图像重复。她指出,沃霍尔的作品也是客观的报道,这位美国艺术家把大量日常用品复制搬上画布,只有真实的呈现。全是真实,除了真实还是真实。这种物品图像的重复并不在于组成含义,而意在彰显其潜在的价值(Albanese,2017)。拉鲁伊纳的戏剧场景的重复出现,跟沃霍尔作品有异曲同工之处,同时促成观众两种反向的情愫:脱离与感染并存。一方面,观众想从紧张和震撼中脱离出来,另一方面却不得不被视觉的情感张力所感染。拉鲁伊纳之前的独白剧创作中就展现出其偏爱重复的风格特征,这一特征在《尘》中得到深化,精准的视觉场景复制进一步打磨了其创作特征。如同沃霍尔一样,拉鲁伊纳也采用了非常客观的报道方式,把日常琐事中所反映出的心理暴力过程以反复表现的形式展现出来,脱离与感染并存,很好地验证了罗兰·巴特在《明室》中所创的两个重要概念:"知面"与"刺点"(Barthes,1980:132)。

"知面"指图像中提供基本的文化背景与知识以便让人可以认出图像中的内容的元素;"'知面'是一种教育"(基于知识和礼貌),具有让人觉得有趣的层面与细节,但没有感情上的投入,"生活中所见的大多数图像、手势、场景、行为都带有明显的'知面',为观察者传递消息,再现情景,使其产生兴趣,但不是特别强烈"(Barthes,1980:27)。通过"知面"赋予图像以感染力,让它们成为文化客体而起到传播信息的作用,但没有深刻的情感唤起。巴特指出:"'知面'涉及面很广,属于喜欢或者不喜欢的范畴,而不是热爱;是一种不是特别强烈的愿望,代表着平淡而漫不经心的兴趣,正如我们对某些人、某些演出、某些服装、某些书给出的评价是'挺好,还行'。"(Barthes,1980:29)

与"知面"不同,"刺点"的重点不再是纯粹的文化兴趣,而是钟爱。对于巴特,"刺点"属于爱的范畴,超越"知面"的趣味与喜欢的层次,也就是内心受到强烈的情感冲击。巴特这样论述:"这一次,不是我去图像中寻它,而是它(刺点)从图像中出发,像离弦的箭一样射中我。这个词在拉丁文里有刺伤、小孔、小斑点、小伤口的意思,还有被针扎了一下的意思，一张照片的'刺点'是一种偶然的东西，一种在不经意间刺痛我的东西。"（Barthes，1980：28）

巴特的"刺点"便表现在拉鲁伊纳展现的场景中，如果说这部剧的"知面"是传递道德文化的某一层面，从而让观众参与其中，那么"刺点"便是某个细节给观众带来的触动或痛苦的伤口。

如果仅从"知面"来剖析拉鲁伊纳的作品，可能会觉得这样一部极简风的戏剧似乎缺乏戏剧表演效果。在当今这样的"美学"时代，不难理解这样的论断盛行的原因。以鲍姆嘉登的《美学》为转折，实现了艺术体制的现代转型。法国哲学家朗西埃指出，"美学"概念的出现开启了美学意义上的"现代"，艺术逐渐转为以"外观"（即古希腊语 opsis[④]，在亚里士多德《诗学》中是悲剧六要素之一）为优先原则的时期（Rancière，2016）。切利指出：古希腊悲剧中，opsis 是极为简明扼要的，仅限于人物之间的对话和演员的动作，这些动作是伴随台词的（Cerri，2012）。《尘》这部剧跟古希腊悲剧的表现方式类似，"剧中人物的动作性是极简的"。如果说古希腊悲剧是"静态的寓言"，而不是"动作性的寓言"，那么《尘》这部剧也把表现冲突的方式和对人物形象身份的瓦解交给了男主人公不经意间的细微动作（如手指的持续弹动）和场景的持续复制。

除了在《明室》中对于"知面"和"刺点"的阐述之外，巴特（2009：18）在其作品《文之悦》当中把文区分为两类：悦的文与醉的文。"悦的文"具备一种合适的愉快，和文化、阅读经验关系密切而且和谐融洽的艺术大致属于这种文，而"醉的文"则类似刺点文本，动摇读者的历史、文化、心理定式，可能在文本和心理之间产生巨大的鸿沟而产生不适。这一分类又让人联想到姚斯的"审美距离"，审美距离决定着文学作品的艺术特性。姚斯（1987：32）认为，"通俗或者娱乐艺术作品的特点是，这种接受美学不需要视野的任何变化，根据流行的趣味标准，实现人们的期待"，类似巴特的"悦的文"；而具有高度的艺

[④] 对于这个词，罗念生译为形象，陈中梅译为戏景，王士仪译为演出场景物（即一切与视觉相关的演出实景）。

术作品则具备这种"审美距离",其艺术表现形式与先前的熟悉的审美经验之间有距离,即巴特的"醉的文"。

对于暴力主题的表现,拉鲁伊纳若采用凶杀等血淋淋的场景来表现反倒更加容易,直截了当地反映善与恶、好与坏、刽子手与受害者的关系。表现武力暴力的场景看似在编排上更加容易,也能带来视觉上的震撼,然而,在场的男性观众很容易与男主人公之间产生心理距离(我跟他不一样,我绝对不会做这样的事情),女性观众也一样(为什么她不反抗?为什么不逃跑?我可没这么蠢)。而这并不是拉鲁伊纳想要达到的效果,他要拖着男女观众们一起细细地探究这一个个看似司空见惯的日常生活片段。拉鲁伊纳剖析这些看似平淡无奇的道德审判和心理暴力,而这样的语言暴力充斥着社会中我们每一个人的生活,没有任何人会袖手旁观,无动于衷。这样的语言暴力就像空气中弥漫的灰尘,无处不在,无孔不入。拉鲁伊纳给观众们打开了一扇窗,一柱光照射进来,才使这无数漫无边际飞舞的灰尘得以现身,这里正印证了巴特的"刺点",每个人都有自己不同的生活经历,对于场景中一个眼神、一个动作,大家的感受不尽相同,但或多或少在某一特定时刻会产生紧张、焦虑、失望,甚至愤怒,这一点不仅限于女性观众,男性观众也会感同身受。正如在本书前言部分提及的片段,当该剧在米兰埃尔弗剧院首演时,当观众们看到女主人公被男主人公不休止地盘问过往事情的细枝末节与来龙去脉时,表现出无比的愤怒,有的观众气得直喘气,甚至离场而去,还有的冲着女主人公大喊"把他毙了"。类似的场景也发生在芝加哥维多利亚花园大剧院。2016 年 4 月 10 日,该剧院在"国际声音项目⑤"展播中上演了该戏剧,作为意大利戏剧的代表作品。演出完毕,一位中年有色人种女性站起来说(该观众在演出期间也频频发声),她多年以来一直关注芝加哥国际声音项目,看了很多场戏剧,但从没有过这样的感觉:奋不顾身要站起来跑到舞台上去的冲动。一位男性观众举手

---

⑤ International Voices Project,该项目成立于 2010 年,通过朗读脚本的方式在芝加哥舞台上展现当代国际实验性戏剧,剧作家来自全世界各地,如今已经举办了八届,详情参见 http://www.ivpchicago.org/home1/。

发言，颇带偏见地说："这部剧十分具有意大利特色，美国女人是不会忍受这样的虐待的。"这时，一位美国女性观众站起来呼喊："而我就忍受过这样的遭遇！"一位美国女性观众在她的博客中做出这样的评论：

> 这样一部二人剧非常特别，编排得很好。我第一次有这样的冲动，想要站起身来加入他们的对话，不是去读台词，而是参与到现实中去。任何一个观众都会被这部戏所触动。我脑海里产生的想法是不够的，我的感受逐渐加深，于是我开始说话，我想给男女主人公们建议。我告诉自己别那么激动，"这就是一出戏而已"。可这台戏太逼真了，我好几次忍不住喊出声来。我觉得坐立不安，要做些什么！这部剧的主题如今已经是全世界关注的焦点，男女主人公演得十分到位。女主人公也有所挣扎与反抗，但没有觉察到自己的人格正一步步被摧毁。男主人公是个施虐狂，问题的关键在于他是一位带着劝告与关心假面的施虐狂，男女演员都抓住了关键！场景如此之真实，像一场行走在舞台上的真实生活。在我看过的芝加哥各大戏剧演出中，没有比这更让我撕心裂肺的了。（Consuela，2016）

著名意大利剧作家弗拉伊阿诺指出，一个剧作家的目标便是不让他的观众舒适地坐在座椅上，而是带领观众投身于戏剧当中，向观众们展示自己的内心世界（Flaiano，2010：231）。拉鲁伊纳做到了这一点，他在创作中不断探索，不断创新，通过看似平常的场景复制，使创作主旨深入人心，直指事物本质。

第二节 暴力类型在剧中的体现

《尘》属于意大利当代社会问题剧，反映了一个如今世界各国普遍存在的社会问题，即家庭暴力。有调查显示，全球15岁以上的女性中有30%左右遭遇过婚姻暴力，住院的女性病人中遭遇过严重家暴的比例更是高达30%~60%（Trevillion，2010：881-893）。据全国妇联的一项调查表明，中国 2.7 亿个家庭约有 30% 存在家庭暴力，其中 90% 的受害者是女性，平均每 7.4 秒就有一个女人遭丈夫殴打。2012 年我国学者崔轶等在 7 个省市开展的调查显示，夫妻间肢体暴力的发生率为 34.8%，精神暴力发生率为 55.6%（崔轶等，2012：360-362）。1999 年 11 月 3 日联合国大会正式确定每年 11 月 25 日为"国际消除家庭暴力日"。

在全球范围内，发展中国家和发达国家都存在家庭暴力；不同人类种群、不同民族、不同阶级、不同宗教信仰、不同文化传统、不同职业群体以及不同受教育水平的家庭都可能存在家庭暴力，这是一个全球性社会问题与人权问题。而该剧反映和描绘的正是一些颇具共性的日常生活场景，体现了施虐者与受虐者颇具共性的心理机制与语言特征，表现出其共通性。

从类型上来看，家庭暴力包括肢体暴力、精神暴力（语言暴力与冷暴力）、性暴力等，其目的在于强制性地完全控制受害者。从其发生发展演变过程来说，威尔金森认为暴力主要有三个非线性的发展阶段：就冲突的内容而言，一开始双方的冲突多由具体的生活琐事引起，然后就冲突如何解决发生争吵，最后会试图结束冲突；冲突的形式也经历了从语言交流到语言攻击，到或明或暗的武力威胁直至轻微或严重的身体暴力（Wilkinson，2005：333-361）。该学者认为，这些总体上可分为三个顺次的发展阶段，即言语沟通、言语攻击和身体暴力（身体暴力之前普遍都有言语攻击或言语激化这个阶段，但言语沟通并非每次都存在）。焦尔达诺的实证研究则指出婚姻暴力存在争议事件、言语激化和身体暴力三个阶段（Giordano，2016：1-13）。

该剧本主要从精神暴力之语言暴力来展开情节，尽管全剧篇幅不长，但却涵盖了上述所有这些暴力类型，也表现出威尔金森所描述的关于家庭暴力冲突的三个非线性发展阶段，比如第八幕。

在这个场景当中，开头部分本来是一个很正常的日常生活片段，男主人公想喝茶，让女主人公泡茶，女主人公在洗澡，让男主人公稍等一下。然而，就是这样的轻描淡写，在伴侣对话中再正常不过的言语却招来了男主人公的无理取闹，表示自己不想喝茶了，这里便产生了焦尔达

诺所定义的"争议事件":

他：亲爱的，你介意给我泡杯茶吗？
她：好呀，亲爱的，你等一下，我马上来。
他：能此时此刻就泡吗？
她：好的好的，亲爱的，我正在穿衣服，稍等，我在擦干……
他：得，这茶我不喝了。

随后，女主人公立刻就这件事进行沟通与解释，也就是"言语沟通"阶段，然而无效，男主人公开始各种找碴儿与挑刺儿，其间充满了各种"言语攻击"。开始说女主人公话语不够礼貌，接着指责她洗澡不该唱歌，进而批评其说话语调，最后反咬一口，说是女主人公不愿和自己喝茶：

她：别呀，我这就来。是你跟我说要把身体擦干，不然会手脚冰凉，这个对身体不好，那个对身体不好。妈的，我被毛巾缠住了……（跑着过来）你为什么又不想喝了？
他：首先请礼貌用语。说话干净点儿好吧？什么妈的、他妈的，不能用，好吧？！
她：你说的对，对不起。
他：再就是……你听到你自己的声音了吗？
她：什么时候？
他：你洗澡唱歌的时候，听到了吗？
她：怎么了，我唱歌有什么不好吗？
他：无聊。
她：我以为你喜欢。
他：算了，不提了。还有语调，我们来讲讲语调的问题。
她：我语调有什么问题吗？
他："等一下，我正在穿衣服。"你知道我要是你我会怎么做吗？我会裸奔过来给你泡茶。
她：亲爱的，我说了我擦干身体就来的。我现在就去泡茶。

他：不想喝了。
她：为什么不想喝了？
他：就是不想喝了。你猜我现在去干吗？我去楼下咖啡吧点杯茶去！
她：别这样，有那个必要去楼下？我给你现泡，我们在家里喝。
他：不，我要去外面喝。
她：你想去外面喝？我们一起去外面喝茶？
他：不，我自己去。
她：干吗自己去啊？
他：看出来了，今天你根本不想和我一起喝茶。

至此，男主人公从喝茶事件扯到爱与感情，使矛盾升级，转而开始追问女主人公的交往史：

他：嗯，反正我跟你是永远不会一起去印度的。
她：那为什么？你说过要带我去的。
他：你认为我会带一个这么对我说话的人去？"我过不来，等一下，我在穿衣服"，我真没法带你去。
她：为什么？
他：因为你不爱我。
她：亲爱的，爱和茶有什么关系？
他：不是茶的问题。是我们感情出了问题。我们总是为感情吵架。
她：感情怎么了？
他：感情是所有一切的基础。在我之前你到底有过多少男人？

对于女主人公的初恋进行几番盘问之后，言语攻击进一步激化，升级成诽谤和侮辱，以至于女主人公到了某一个时刻出于本能说了句"够了"，这也反过来进一步加深了男主人公语言激化的程度：

他：啊？你以前可是说只说过一次。看到了吗？你的回答总是前后不一。每次我们谈到这个问题，你的回答都不一样。你看你就是靠不住！
她：有时候我真的记得不太清楚了，都多少年前的事了……

他：你可不是记性不好，你就是没一句真话。我们之所以老是不得不重复说那几件事，看到没，都是因为你逼我的。

她：难道又要把我十七岁的事情再拿出来说一遍吗？

他：是的，如果有必要，说五十遍也没问题。这样吧，我们泡个茶，印度茶也行，你不是喜欢那个茶吗，然后我们从头说起。

她：从头说起？

他：是的，所有一切，从头说起。坐下。

她：（带着轻微反对的语气）不，求你别这样，够了。

他：你怎么说话的？

她：不是，我想说……

他：不不，你再重复一遍你刚才的话？

她：我说……

男女双方从言语交流到言语攻击，在快速上升且剧烈的情绪裹挟下，进一步发展成肢体暴力：

他：用刚才那种语气。再说一遍……再说一遍……再说一遍！

她：（用刚才的语气）我说够了。

他给了她一记耳光。

从话语内容上看，拉鲁伊纳非常敏锐地捕捉到语言暴力的特点。跟显性的身体暴力不一样，语言暴力有时候可以是隐性的，这样的语言暴力比激烈的语言攻击的实际杀伤力更大，但却常常披着情感的外衣。该剧中男主人公对女男主人公的指责往往披着一层规劝，以关爱的名义进行：

她：天啊，抱歉，如果我真的像你做的那样，那也太不雅观了。

他：你看啊，我知道你没准儿是不小心才做了这样的动作，但你要多留意自己发出的信号。你得有这个意识。如果你真想暗示什么，那你就这么做；可如果你没有这样的意思，那就不要做这样的动作。

她：我绝对不想暗示什么。

他：可是假如你这样摸（重复刚才的动作）的话。

她：嗯……回想一下的话……我好像真的会经常这么做，只是我没想到会……

他：我是男人，知道男人是怎么想的，既然告诉你这个，你就得相信我。

她：那肯定，我信，我信。

他：这就对了。

她：咳，谁知道我怎么会有这么一种小动作。

他：算了……

她：总之……一团糟。

他：行啦，也犯不着把这件事想得太夸张，你明白是怎么回事就好。

她：不管怎么样，真的对不起，之前让你那么尴尬。

他：你也说了，不是故意这样做的，对吗？

她：当然不是，绝对不是，不过还是很抱歉。

他：（带着甜蜜的微笑）那我们就和好了，对吧？

她：（点头）

他：不过下回你可得让旁人一眼就明白咱俩是一对儿。

她：（点头）

他：你要明确地表示出我是你的男朋友。

她：（点头）

他：而且你得主动说出来，尤其是我们跟你的朋友出去玩儿的时候，懂吗？

她：（点头）

他：你得跟别人介绍我。

她：（呆呆地点点头）

——第一幕

她：（看了看椅子）可是，亲爱的，说到底，这事有那么重要吗？

他：你认为这不重要。可是椅子不仅仅是一把椅子，椅子代表全部，可以是椅子，也可以是一只杯子、一棵树，或者隔壁男人。今天是一把椅子，可明天，就可能是一个人，一个男人。而我，需要了解你是否是一个靠得住的女人。

她：我以后会更小心的，亲爱的，你放心吧。

他：哦？那你会跟我坦白一切？

她：是的，当然，如果你想知道的话，亲爱的，你随便问。

他：我什么都可以问吗？

她：可以。

他：我在这里什么都可以动吗？一切都经得起考验？

她：当然，咱们是一家人。

他：我可以打开你的电脑，看你的邮件……

她：可以。

他：真的？

她：真的。

他：你确定？

她：很确定。

他：（露出孩童般的笑容）好吧，我信你。

他开始像孩子一样做鬼脸。

他：我可是很相信你哟。

她：（笑）

他：你喜欢我这么相信你？

她：（笑）

他：还是这样？

她：（笑）

他：还是这样更好？

她：（笑）

他：可能这样更好。

她：（笑）

他邀请她跳舞。

——第四幕

67

除了以"爱"的名义进行指责之外，男主人公常常通过贬低女主人公来打击其自尊。所谓贬低，就是刻意地去以较低的评价来描述事物，滴水穿石般地破坏对方的自尊。这是一种精神虐待，女主人公遭受各种大大小小的批评，而且是不合理的批评。比如："你是一个感情干枯的女人""你就是靠不住""说到底，你这是自找的""你的回答总是前后不一""你是个骗子"。具体使用语境展示如下：

他：那倒不是，你是一个感情干枯的女人。
她：为什么这么说呢，是我忽略了什么吗？要是我做错了什么，真的很抱歉，我不是故意的……

——第一幕

他：当然，你今天可以隐瞒一根烟……
她：这个……
他：你就是靠不住。

——第五幕

他：妈的，如果你半夜三点下楼在罗马的大街上散步，就穿着一件小薄裙，你想干吗？你等着人给你送花对吧？你跟我说清楚。说到底，这是你自找的……活该，你巴不得这样的事情发生。
她：（哭着）亲爱的，你告诉我应该怎么说我就怎么说，应该怎么想我就怎么想，应该怎么做我就怎么做。

——第六幕

他：啊？你以前可是说了只说过一次。看到了吗？你的回答总是前后不一。每次我们谈到这个问题，你的回答都不一样。看看，你就是靠不住！
她：有时候我真的记得不太清楚了，都多少年前的事了……

——第八幕

他：你是个骗子。
她：我怎么是骗子？
他：我再给你一次机会。
[……]

他：如果只是一个普通朋友，你干吗不承认？

她：因为我们之间什么都没有，从来也没在一起过。

他：骗子，骗子还有婊子。

[……]

他：对待你这种人我只能这么说话。

她：我这种人怎么了？

他：你们这群婊子，是婊子，也是骗子。

——第九幕

除了语言暴力之外，该剧还表现了冷暴力这种形式，在剧中采用了大量停顿和沉默的方式体现出来。《尘》中出现的停顿或者沉默已经不再是独白中影射言外之意或者表达人物被感动的情绪等这样的叙述作用，而是烘托紧张的气氛，彰显男主人公的肆虐强势的心理特征。当女主人公向男主人公坦白多年前被强暴的苦楚时，男主人公在这里表现出冷暴力，这里的沉默充满紧张的气氛，虽然男主人公一声不吭，却弥漫着怀疑、嫉妒等多种情绪：

她：这件事发生在罗马，一个晚上，当时我父亲去世不久，我还在悲痛之中。

他：（沉默）

她：当时我在一个朋友家。我们有一段时间没见了，于是聊到很晚。她知道我跟我父亲感情很好，所以就问了问我父亲去世以后的情况，以及我的生活状况。然后她跟我讲了她的问题，工作和感情的问题，反正就是这些。那时已经很晚了，第二天她还要上班，于是就没有再讲下去，睡觉去了。可我却翻来覆去怎么也睡不着，脑子里一直是我父亲的影子，我失眠了，还哭了。那段时间我还有焦虑症……

他：（沉默）

她：最后，我实在躺不下去了。朋友不吸烟，我只好下楼到门口的街边抽烟去。那是八月，已经凌晨三点。

他：（沉默）

她：我不知道你了不了解那个区域。我朋友家住在阿玛黛街和莫托莱瑟街交会的路口。

他：（沉默）

她：就在那个路口，那里有个报刊亭。

他：（沉默）

她：反正，我就在那里抽烟，在大门和报刊亭之间来回走。我正准备回楼里的时候，一个男人把我拖到一个小巷子里。

他：（沉默）

她：就是这样子，他把我拖到一个小巷子里，然后就发生了不该发生的事情。

他：（沉默）

她：当时我既没有求救，也没有呼喊，至少没有立刻呼喊，整个人完全僵住了。

他：（沉默）

她：我当时想：把我杀了吧。就像那次，车被埋在雪里让我悲痛欲绝一样。我想：好吧，反正也要死了，你爱咋地就咋地吧。我整个人都麻木了。

他：（沉默）

她：接着，我记得，开过来一辆噪声超大的摩托车，仿佛给了我一个耳光一样，把我唤醒。我大叫起来，那个男的就逃跑了。

他：（沉默）

她：可是不该发生的已经发生了。

——第二幕

在一系列沉默之后，男主人公没有选择当场爆发，而是狠狠甩出一句话："有一天我会跟你学的"。在之后的某一个场景中，他再次提到这件事，在事件的细节中无休止地纠缠，并借此机会对女主人公进行人身攻击、侮辱与诽谤：

他：好吧，那你当时穿什么衣服？

她：那是夏天正热的那会儿，我穿着一条连衣裙。

他：当然啦，一条连衣裙，不要一秒钟就能被掀开……你下楼怎么不多穿点儿呢？

她：可是，亲爱的，八月份啊。

他：那你觉得一个正常人会半夜三点下楼去街边抽烟？

她：我不知道，亲爱的。

他：你有所期待吧？

她：亲爱的，我真没这个意思，早知道这样，我就不下楼了。

他：行了，然后呢？

她：然后是什么时候？

他：他把你拖到巷子里面的时候。

停顿

她：就发生那事了。

他：那他……进去了吗？

停顿

她：是的，亲爱的，是的。

他：那……他弄完了吗？完事了没？

她：我以前跟你说过了，后来来了一辆巨响的摩托车，噪声把我惊醒了，我开始叫喊，他就跑了。

他：所以……他没弄完啰？

她：没有。

他：那你之前怎么不叫呢？

她：我已经跟你说过了，亲爱的，之前我整个人处于麻木的状态。

他：是你喜欢吧？

她：（沉默）

他：你能跟我解释一下吗？

她：（沉默）

他：第二天早上你跟你朋友聊了些什么？

她：她问我昨晚发生了什么事情……

他：她啥都不知道，怎么会来问你呢？

71

她：因为她看到我很颓废。

他：那你跟她说了？

她：我跟她说我从楼梯上跌下去了。

他：妈的，你为什么不告诉她真相？

她：我也不知道，我跟你说了，我只知道当我跟她说我从楼梯上摔下去的时候我自己也这么相信了。

他：妈的，怎么可能？

她：可能我忘了。可能我当时还不能接受……我无法给自己一个交代……这事儿实在太夸张了。我还沉浸在父亲去世的哀痛之中，有很严重的焦虑症，那段时间简直糟透了。

他：这个我知道，那你之前怎么不叫呢？你怎么不在最开始几秒钟立刻呼喊求救呢？

她：（沉默）

他：你能跟我说说你为什么不大喊求救吗？

她：（沉默）

他：妈的，如果你半夜三点下楼在罗马的大街上散步，就穿着一件小薄裙，你想干吗？你等着人给你送花对吧？你跟我说清楚。说到底，这是你自找的……活该，你巴不得这样的事情发生。

——第六幕

不只是在这件事上，在女主人公与异性的交往史上，男主人公更是一有机会便纠缠不休，周而复始，没完没了。正如沃克提出的暴力循环理论，他指出婚姻暴力存在紧张状态建立、暴力爆发和爱的悔恨三个阶段，暴力一旦发生，就可能周而复始，循环往复，一般不会自动停止，且随着时间的推移，暴力会愈演愈烈，施暴者也将不再道歉（Walker, 2016）。施暴者会为了一件事情反复纠缠，这一点上，剧本中也时常有所体现：

他：对了……你还记得三天前你刚从学校出来的时候我给你打了个电话吗？

她：记得。

他：那你还记得之后我又给你打电话问你是否到家？
她：记得。
他：而那个时候你还在路上。你记得吗？
她：记得。
他：你当时说路上遇到一个朋友。
她：哦，是呢，马可。其实他也不算是我的朋友，他是我哥的朋友。
他：咱再把电话里说的那个事重新捋一遍行吗？
她：当然可以，亲爱的，你尽管问吧。

——第五幕

他：我想问你一件事。
她：什么事？
他：一段时间以前跟你谈过的一件事。能说一下吗？
她：当然可以。
他：不过……旧事重提你介意吗？
她：没问题，亲爱的，我不知道是什么事情，但你可以尽管问我。
他：你记得那次跟我说在罗马发生的事情吗？

停顿

她：记得。
他：我们再提这个事你介意吗？
她：你想谈吗？
他：我想。
她：亲爱的，如果你想谈，我们就谈。
他：你能再把那件事细说一遍吗？
她：这个，亲爱的，我已经都跟你说过了。
他：能再说一遍吗？求你了。

——第六幕

她：难道又要把我十七岁的事情再拿出来说一遍吗？
他：是的，如果有必要，说五十次也没问题。这样吧，我们泡个茶，印度茶也行，你不是喜欢那个吗，然后我们从头说起。

她：从头说起？

他：是的，所有一切，从头说起。坐下。

——第八幕

她接到电话。对话在电话中继续。

他：你能跟我讲清楚你跟这家伙到底有没有一腿？

她：谁啊？

他：你心里清楚得很，伊万·多纳托。

她：不不不，你又来了。

他：什么意思，你以为我们的问题解决了吗？我跟你讲，问题才刚刚开始。

她：现在才早上七点啊。我们昨夜才聊到三点。我彻夜未眠。现在还要去上班……

他：你可没把事情说清楚。

她：我什么都告诉你了，还有什么好说的？你想找他来谈一下吗？我让你跟他谈谈？

他：没有那个必要，我们俩的事情自己解决。你现在到我这儿来一趟。

[……]

他：[……]我们在家把事说清楚，把我们的问题再捋一遍，你得跟我说清楚……

她：我还有什么好说的？你有完没完？

他：咋啦？你以为我忘了罗马那事了吗？

她：不不不，我真没有什么可以说的了，都跟你讲过了。

他：你以为我忘了你说半夜三点下楼去街边抽烟的事？你以为你的理由说得通？

——尾声

在这几段对话中，我们同时也看到女主人公态度的变化。开始几幕，女主人公对于男主人公不论是合理还是不合理的要求，一致采取顺从、配合的态度："当然可以，亲爱的，你尽管问吧"，"没问题，亲爱的，我不知道是什么事情，但你可以尽管问我"，发展到后面，她开始具备一定的反抗意识："不不不，你又来了""我什么都告诉你了，还有什么好说的?""你有完没完?"等。可是与此同时,男主人公的暴力程度也在与日俱增,这样的反抗显然是不够的。

按照沃克的暴力循环理论,婚姻暴力存在紧张状态建立、暴力爆发和爱的悔恨三个阶段,暴力爆发之后,男主人公也同样表现出悔恨,然而悔恨之后,新一轮暴力再次启动,作者用话语重复的语言特点来反映这方面的特点:

他:我求你别这样,我求求你别这样,别这样,别这样……够了,行了,好了……(跑到她身边,把她从地上扶起搂在怀里)呜呜,呜呜……结束了,结束了……一切都过去了,你看一切都过去了对不对?你感觉到了吗?你感到我在抱你吗?我们抱抱,一切都会好的。以前一直都是这样的,不是吗?我们抱抱,就啥事都没有了。[……]我们亲热亲热一切都会好的。一直都是这样的。我们亲热亲热,一切都会好的。

——第九幕

他:喂?你认为你说服我了?你为什么不说话?你看到我们之间的差别在哪儿了吗?我这个人向来都是有问必答。说话啊!你在干吗,哭了?你在哭吗?算了,我不说了,你哭完了我再打过来。你哭完了没?反正你得回答我的问题。行,现在某人不作声了,现在县城的玛莉莲·梦露不回答问题。这算什么?你生气了?你身体不舒服?小可怜,来,说话。你干吗不回我话呀?说话呀。亲爱的,来,我求你了,说话。你知道的,不是吗?我来你这儿,我们亲热一会儿就什么事儿都没了。一直都是这样,不是吗?我们抱抱,什么事都好了……

——尾声

除了肢体暴力、精神暴力(语言暴力与冷暴力),家庭暴力中涵盖的性暴力在文本中也有所体现:

他:你们这群婊子,是婊子,也是骗子。
她:你这么了解我。

他：看起来不像，但实际上是。你为什么不跟我说？

她：因为我们成天都在说我，我的过去，然后说了一遍又一遍，你问，我答，没完没了，翻过来倒过去就那些事，没完没了，没完没了……

他出其不意地过来抓住她的乳头拧掐。

——第九幕

第三节　情感操纵在剧中的体现

两性之间的情感操纵是这部剧重要的表现主题，尽管情感操纵是近几年各大媒体探讨较多的热点话题，与其相关的事件报道也层出不穷。所有人都可能沦为情感操纵的受害者，它可能发生在任何人身上，如果没有能力识别出那些可疑行为释放出的警戒信号的话，没有人可以免受其害。但是，尽管我们有可能在情感、工作或者其他任何领域与情感操纵者打交道，但往往无法识别，哪怕是深陷情感操纵中的受害者，也不一定能清醒地意识到这一点。然而，通过戏剧这种艺术表现形式，该主题不再限于社会问题范畴的探讨，编剧运用简练而日常的对话，让观者能够身临其境，能真正感受到如灰尘般隐形的、不易察觉的情感操纵。近年来，市面上出现越来越多的相关书籍，里面也会展示丰富的案例，但像《尘》这部戏剧这样，试图通过还原日常对白，把像灰尘一样随处可见但又转瞬即逝的日常言语暴露在舞台灯光下的创作，还属非常难得，这基于剧作家大量的前期调查与搜集语料的工作。我们需要通过语言分析，快速识别情感操纵者们的真实身份，撕下他们伪装的面具，才能使我们的心灵甚至身体免受其害。尽管每一个情感操纵者所使用的手段不尽相同，但归结起来可以总结出一些常用手段，他们会利用这些手段不惜代价地操纵他人的情感，践踏他人的自尊心，直到让对方怀疑自己及自己对现实的认知，通过这样的方式滋养逐渐枯萎的自我，掩盖自己的不成熟与脆弱。通过分析《尘》这部戏剧作品，我们能够清晰地看到，操纵者们是多么精明阴险、虚伪狡诈，使他人陷入痛苦和悲惨。我们也能看到，受害者无法在困境中了解操纵者，有效应对他们更是难上加难。受害者们感觉到困惑、焦虑、沮丧，但她们往往无法了解感觉糟糕的原因，她们会生气，但又羁绊于操纵者们的花言巧语，由于某种原因而感到沮丧，她们更加难以意识到，自己不幸的原因在于持续徒劳地试图理解、应对和说服操纵者。因此，识别危险的信号是非常重要的，只有这样才能把情感操纵扼杀在最初的阶段，避免造成未来可能酿成的悲剧。意大利法医心理学家、刑侦专家布鲁佐内（2021：12）将情感操纵者比作鲨鱼："如同鲨鱼在几十公里之外便能敏锐地嗅到血腥味一样，情感操纵者们在探猎情感上受伤的人时从不失手。而且我们知道，最好不要在鲨鱼面前流血。对于鲨鱼而言，血液是进食的信号。寻找和吞食猎物是鲨鱼的本性，情感操纵者也在本能地寻找我们脆弱的痕迹，将我们无情地吞噬。"

下面来看看这些常用的操纵手段在该剧中的表现，在具体的对白中，读者们能深刻地体会情感操纵者是如何表达和行动的，如何不动声色地欺骗、操纵和控制他人，如何使用精选的人际策略和技巧来获得优势。

一、贬低：通过伤害对方自尊建立优越感

操纵者往往把伴侣获得的成就、友情当作对自己的威胁和竞争，甚至嫉妒万分，生活变成了一场博弈。伴侣取得的进步和社会认可，都让操纵者觉得不适，他们担心伴侣一旦变得更好，就会摆脱他们精心布置的操纵网，因此他们一旦发现任何对自己不利的端倪，就会马上通过编织谎言、贬低、威胁等手段来破坏受害者的人际关系，以达到自己对于权力的渴望或者摆脱内心的不安全感。

在第一幕中，男女主人公共同参加一个女主人公的聚会，男主人公发现女主人公在聚会上有良好的人际关系与互动，便心存妒忌。离开聚会之后，他以不去女主人公家，执意要去找个酒店独自过夜为借口，来表达自己的不满。女主人公感到丈二和尚摸不着头脑，开始怀疑自己做

错了什么，男主人公借机开始挖苦女主人公："今晚你很满足吧？""瞧瞧你那个样子，活脱脱玛莉莲·梦露驾到的排场……所有人都往你身上凑，跟你打招呼，搂搂抱抱的。你自己都没发现？"男主人公发现女主人公的人缘好，自己不如对方，自己的控制欲受到了威胁，便采取贬低女主人公的自尊把其拖向谷底。为了操控女主人公，男主人公继而开始夸大事实，他指责女主人公有摸脖子的不良小动作，并夸张地模仿对方的动作，用极其性感的方式抚摸脖子，斥责女主人公的不当行为可能导致的后果："你穿着低胸小薄衫，还那样摸你的脖子，盯着你看的男人可不会认为你在专心听他说话的"，"也许（跟你说话的男人）会觉得你很轻浮。甚至觉得你可能在挑逗他，懂吗？"后面几幕中，女主人公向男主人公倾诉了自己过往在罗马被人强暴的辛酸血泪史，不但没有得到男主人公的同情，反而被其当成黑料反复利用，成为借机挖苦女主人公的利器："那你觉得一个正常人会半夜三点下楼去街边抽烟？[……]你有所期待吧？""妈的，如果你半夜三点下楼在罗马的大街上游荡，就穿着一件小薄裙，你想干吗？你等着人给你送花对吧？你跟我说清楚。说到底，这是你自找的……活该，你巴不得这样的事情发生。"开始，女主人公表示怀疑，"我应该不会这样吧……"，然而在男主人公一次次对女主人公进行洗脑（"你就是这样做的""我是男人，知道男人是怎么想的，既然告诉你这个，你就得相信我"），诱导女主人公认为自己的所作所为是错误的，女主人公在不知不觉中被带入其设置好的操控旋涡当中，觉得自己好像真的有这样的小动作，感到十分羞愧，开始连连道歉："天啊，抱歉，如果我真的像你做的那样，那也太不雅观了。""谁知道我怎么会有这么一种小动作。""真的对不起，之前让你那么尴尬。"……此时，男主人公借机站上道德的制高点开始"原谅"起对方："你也说了，不是故意这样做的，对吗？"，紧接着，男主人公开始通过在看似柔情的表面下制定规则来巩固自己的支配地位：

他：（带着甜蜜的微笑）那我们就和好了，对吧？
她：（点头）
他：不过下回你可得让旁人一眼就明白咱俩是一对儿。

她：（点头）

他：你要明确地表示出我是你的男朋友。

她：（点头）

他：而且你得主动说出来，尤其是我们跟你的朋友出去玩儿的时候，懂吗？

她：（点头）

他：你得跟别人介绍我。

她：（呆呆地点点头）

如上文所示，为了避免发生更为激烈的冲突，女主人公只能"点头"遵从男主人公制定的规则，却不知自己已经被推向逐渐被孤立的深渊。而随之而来的孤立感和对男性的依赖又会迫使女性忽略自己的需求，将男主人公视为自己生活的重心，从而失去自我认同感。在这样的环境中生活数月或者数年，女性就逐渐离健康的人际关系越来越远，忘记应当如何思考和如何感知，对操纵者一味顺从。当女性不再认为自己有表达的权利，彻底失去自我时，她便沦为了受害者。

又如第八幕中，男主人公试图通过挖掘女主人公前男友的蛛丝马迹来达到抬高自己、贬低别人的目的：

他：感情是所有一切的基础。在我之前你到底有过多少男人？

她：我跟你说过了，两个。两段时间都很长……

他：行了，其他的就别说了。我问你这些了吗？你说了：有过两个。可你知道在你之前我有过几个女人吗？零个。所以我爱你，而你不爱我。

她：我怎么会不爱你呢？

他：我们在玩斗地主吗？

她：什么意思？

他：你说了，你爱三个人，包括我。一个、两个、三个。三个中有一个是真爱。哪个是真爱？

她：都是真爱啊。认识第一个男朋友的时候，我才十七岁……

他：哎哟哟，总是你这第一个男朋友，十七岁的人生初恋，多么甜美，

79

多么浪漫，你祈福你女儿也将拥有同样的爱情故事……

这段对白突出了情感操纵者的一个显著特征，那就是需要对他人进行羞辱、批评、控制，甚至剥削，通过以牺牲他人为代价来肯定自己，通过向自己和世界展示他人的自卑来证明自己的优越性。他们通过给伴侣、家人等周围人带来痛苦来维护自己脆弱的自尊心，并且认为自己有充分的权力且毫无愧疚感。

直到尾声，女主人公已经昏厥过去，男主人公脸色大变，开始害怕了，表现出一丝悔意：

他说话的时候，她的身体开始颤抖，颤得越来越厉害，惊厥过去。他的脸色大变，吃惊地看着她，就像一个受惊的孩子。

他：我求你别这样，我求求你别这样，别这样，别这样……够了，行了，好了……（跑到她身边，把她从地上扶起搂在怀里）呜呜，呜呜……结束了，结束了……一切都过去了，你看一切都过去了对不对？你感觉到了吗？你感到我在抱你吗？我们抱抱，一切都会好的。以前一直都是这样的，不是吗？我们抱抱，就啥事都没有了。这是你教我的。是你教我怎么亲热的，我以前都不懂怎么做。我当时就告诉你了，你还记得吗？我说会跟你学的。我们亲热亲热一切都会好的。一直都是这样的。我们亲热亲热，一切都会好的。

这时候女主人公已经出现了严重的身体创伤，然而看似有一丝温存的感叹仍然是无动于衷的冷酷，他仍然将自己的过错归咎于伴侣，永远都不承认自己的失败和无能。

"贬低"的另一种表现方式便是通过"双重标准"的行为模式来实现的。李银河在其文章《男女双重标准批判》中写道："这个持续了几千年的男权制社会中，在性规范上盛行男女的双重标准。"然而作者提出，性规范上的双重标准不仅仅是性层面的，"最严重的是，它使女人丧失了自己作为一个人的独立和自由的感觉"。"双重标准"的思想以及行为从表面上看是一个人自私的想法，而从本质上来说是一种"不平等"的思想在作怪。该剧第五幕对这一方面有细节的表现：

他发现她正在阳台上抽烟。

他：哟。

她：对不起，我一下子戒不掉。需要一个过程……

他：我说什么了吗？我什么也没说呀。

她：这是今天第一根，也是最后一根。

他：不，我们昨晚可是说好了一起戒烟的。

她：你说的对，对不起，我没忍住。

他：还在这儿偷偷抽。

她：没有，我想跟你说来着，真对不起。

他：当然，你今天可以隐瞒一根烟……

她：这个……

他：你就是靠不住。

她：我这就把烟扔了。

他：（把香烟拿过来）别担心，我来处理就好，你坐下。

她：（迟疑）

他：你坐下。

她坐下。

他：对了……你还记得三天前你刚从学校出来的时候我给你打了个电话吗？

她：记得。

他：那你还记得之后我又给你打电话问你是否到家？

她：记得。

他：而那个时候你还在路上。你记得吗？

她：记得。

他：你当时说路上遇到了一个朋友。

她：哦，是呢，马可。其实他也不算是我的朋友，他是我哥的朋友。

他：咱再把电话里说的那个事重新捋一遍行吗？

[……]

他：那你在回家路上，又回想过你遇到马可的事吗？

她：没有啊，为什么要想？没有。

他：所以之后一整天你就没再想这事了？

她：没有。

他拿起刚才从她手上接过的香烟，走到阳台上，把烟点燃。

在这一幕中，可以看到男主人公"双重标准"在行为上的表现。由于双方说好了戒烟，他发现女主人公在阳台上点起烟，立刻制止了女主人公抽烟的行为，并由此对女主人公开始人身攻击以及对往事的盘问，而最后自己开始抽烟。这样的行为表现其内心的"双重标准"：你需要规则，因为你靠不住，你控制不了你自己，而我想什么时候抽烟就什么时候抽烟。总之，我是老师，你是学生，我是长辈，你是小孩，你只能乖乖地听我的，我来教会你如何生活（如第七幕喂马的情节表现的正是这一主题）。

二、"煤气灯操纵法"，剥夺对方自由选择的权利

第一幕中便展现了两性关系中通过"扭曲受害者眼中的真实"来控制对方的情感操纵，这一行为常常被称为"煤气灯操纵法"。这个词来源于 1944 年上映的电影《煤气灯下》，丈夫利用煤气灯的忽明忽暗让妻子觉得是自己的精神出了问题，还偷偷将东西藏起来，说是妻子将它们放错了地方，并以妻子身体太虚弱为由，让其好好调养，迫使她拒绝所有的社交活动。操纵者通过各种手段，让伴侣不断对自己产生怀疑，以便于更牢固地操纵对方。这种操纵看似有些耸人听闻，仿佛只会出现在电影和小说桥段中，但其实在两性关系中十分常见，并且相当强效。它通常会导致受害者选择不向别人提起自己的遭遇，因为担心自己不被他人相信（这也是大多数情况下遭受精神虐待的人不提起诉讼的主要原因之一）。这导致情感操纵者逍遥法外。这是洗脑过程的一部分，有些男性用它来消耗伴侣的精神和体力（布鲁佐内，2021：97）。例如这一幕中，男主人公刻意扭曲事实，把女主人公一个不经意间的习惯性小动作

描述为"以性感的方式挑逗男性"的恶习，将虚假信息灌输给对方。这样做的目的，是让对方怀疑自己的记忆力、认知力和精神状态，在日常点滴中慢慢渗透，最终导致受害者怀疑整个自我价值，失去对自己判断的信任。女主人公凭直觉认为自己并没有那么做，但她对现实的认知已经被男主人公扰乱，最后只能被迫相信男主人公，男主人公从而实现对其情感和行为的操纵。

"煤气灯效应"在第四幕中更是体现得淋漓尽致。双方的争执出于一桩"鸡毛蒜皮"的小事，也就是男主人公发现女主人公家的一把椅子的位置有所改变。对于这样一个不起眼的小事，男主人公开始大做文章，他反复纠缠女主人公，刨根问底，不给其喘息的机会：

他：你想起来了吗？

她：亲爱的，前天我出门之前太着急了，所以好像不小心碰了一下椅子。

他：好像碰了还是碰了？

她：这个，我觉得碰了一下。椅子挪位了是因为我碰了一下。

他：你怎么会碰到椅子呢？这椅子又不是第一天放这儿的，对吧？我从来这里的第一天起就没有碰过它。你怎么会碰到椅子呢？

她：我真不太记得了……

他：那你再想想。

停顿

她：可能当时我还没太睡醒，起床上班急匆匆的，当时要迟到了。

他：你迟到了？你怎么会迟到呢？

她：我现在想不起来是不是真的迟到了……

他：不会想不起来的。你这个人从来不迟到，要是那天早上真迟到了一回，你肯定会记得的。

她：嗯嗯，我可能是迟到了，可能那天闹钟没响。

他：所以：你迟到了是因为闹钟没响，你着急出门，所以碰到了椅子，导致椅子挪位。嗯，我懂了。可是为什么闹钟不响呢？闹钟一般不都响吗？

她：嗯，我也不太清楚，可能手机没电了。
他：所以你在不确定闹钟响不响的情况下就去睡觉了？
她：嗯，有一次发生过这种情况。但我现在想来，亲爱的，对不起，我又不太确定那天早上闹钟到底响没响了。
他：嗯。你再想想。

停顿

[……]

如此反反复复，多轮盘问，让人窒息。本来是一桩微不足道的小事，却被男主人公无限夸大。掌控欲极强的操纵者们，会在方方面面对伴侣进行控制，甚至挪一把椅子都不放过。多轮盘问之后，男主人公指责女主人公："无论在什么情况下，你都不可以回答说，我不记得了，可能是清洁工，是我，是你，是猫。这样是不对的。如果你想挪一把椅子，你要跟我讲出个道理来。我们坐下来聊聊，看看你为什么想去挪那把椅子。"本来是荒谬的说辞，男主人公扭曲事实，并给出一个非常复杂的论证过程去证明自己的观点。他坚持不懈、循序渐进地劝服，让女主人公开始怀疑自己。对于女主人公的发问"说到底，这事有那么重要吗？"，男主人公进一步论证他的观点，"苦口婆心"地劝说："你认为这不重要。可是椅子不仅仅是一把椅子，椅子代表全部，可以是椅子，也可以是一只杯子、一棵树，或者隔壁男人。今天是一把椅子，可明天，就可能是一个人，一个男人。而我，需要了解你是否是一个靠得住的女人。"此时，女主人公已经被他的论证绕得彻底迷茫，她开始相信对方的话，彻底失去对自己判断力的信任：

她：我以后会更小心的，亲爱的，你放心吧。
他：哦？那你会跟我坦白一切？
她：是的，当然，如果你想知道的话，亲爱的，你随便问。
他：我什么都可以问吗？
她：可以。

他：我在这里什么都可以动吗？一切都经得起考验？

她：当然，咱们是一家人。

他：我可以打开你的电脑，看你的邮件……

她：可以。

至此，男主人公通过"煤气灯操纵法"实现对女主人公的操控，让其坠入他精心布下的操纵网，通过对女主人公日常生活的细节管理与规则制定来巩固自己的支配地位，哪怕这些规则是非常过分的，如：移动一把椅子需要征求他的意见，可以随意检查女主人公的电脑和邮件等。然而，为了避免发生更为激烈的冲突，女主人公选择遵从其制定的规则，听之任之，无法理清这段不健康的关系；她迷失在男主人公的价值观中，把对方的意见当成自己的意见，她以为这么做最终会获得男主人公的信赖；她想以自己的真诚打动对方，她想证明自己就是男主人公嘴上说的"靠得住的女人"；她不知道的是，其实无论自己怎样回答，都填补不了伴侣内心的空虚与冷漠，而她为此将付出最终彻底丧失独立人格的代价。

三、施行孤立，试图切断伴侣与外界的一切联系

操纵者试图操纵伴侣的一举一动，阻碍其获得成就，切断其与外界的联系。而随之而来的孤立感和对操纵者的依赖又迫使伴侣忽略自己的需求，将操纵者视为自己生活的重心，失去自我认同感。在这样的环境中生活数月甚至数年，受害者会逐渐忘记曾经的自己如何独立，如何思考，最后甚至放弃自己的价值观与喜好，从一开始隐约地怀疑自我逐步发展到对操纵者一味顺从。比如在第一幕中，女主人公对男主人公对自己行为的批判，逐渐开始产生自我怀疑，该剧展现这一心理变化的过程如下：

他：你都没意识到，别人一跟你说话，你那手一直在脖子上这么摸呀摸呀（以极其性感的方式抚摸自己的脖子），你要是这样摸的话……

她：我应该不会这样吧……我当时真的是这么做的吗？

他：对，你就是这样做的。

她：天啊，抱歉，如果我真的像你做的那样，那也太不雅观了。

他：你看啊，我知道你没准儿是不小心才做了这样的动作，但你要多留意自己发出的信号。你得有这个意识。如果你真想暗示什么，那你就这么做；可如果你没有这样的意思，那就不要做这样的动作。

她：我绝对不想暗示什么。

他：可是假如你这样摸（重复刚才的动作）的话。

她：嗯……回想一下的话……我好像真的会经常这么做，只是我没想到会……

他：我是男人，知道男人是怎么想的，既然告诉你这个，你就得相信我。

她：那肯定，我信，我信。

他：这就对了。

在不健康的两性关系中，类似的对话时有发生。但正如该剧的标题《尘》所形容的一样，语言暴力和情感操纵有时候是十分隐蔽的，如果不拿到"阳光下"进行审视，它会像灰尘一样弥漫在我们的周围而不被察觉。操纵者往往选择年轻又涉世未深的女性作为目标，并以保护之名对其加以操控。在上一段对话中，男主人公以"我是男人，知道男人是怎么想的，既然告诉你这个，你就得相信我"这样的表述，貌似是向女主人公提供安全感，而事实上，这样的说辞对女主人公造成了严重的伤害并让其深陷其中却无从感知。从第一幕这一最初的自我怀疑逐步发展到对男主人公的一味顺从，第六幕中，女主人公开始哭泣，央求男主人公："亲爱的，你告诉我应该怎么说我就怎么说，应该怎么想我就怎么想，应该怎么做我就怎么做。"当女主人公发展到这一步，甚至不再认为自己有自我表达的权利，彻底失去自我时，她便沦为成一名不折不扣的受害者。而操纵者则像领袖一样，完全掌控着其生活，决定着她行动的轨迹。男主人公认定伴侣和他人交往就是不关心自己的表现。偶尔他们的对话中提及第三者，都会马上被男主人公阻止，这在该剧的好几幕中都有所体现：

  他：你确定上班没有迟到？
  她：是的，我确定。不，其实也不太确定。我不知道，亲爱的，对不起。我们给希尔瓦娜打个电话问问吧？我真不知道……我应该怎么办？我们给希尔瓦娜打个电话问问？我们问问是不是她挪的椅子？
  他：<u>没有必要给希尔瓦娜打电话</u>。你上班到底迟到没迟到？

——第四幕

  他：你哭了？好吧，算了，不提了。你哭完了我再给你打电话。
  她：我们去找别人说说好吗？我们去寻求帮助好吗？
  他：<u>不需要，自己的事自己解决</u>。

他骤然挂上电话。

——第六幕

  他：什么意思，你以为我们的问题解决了吗？我跟你讲，问题才刚刚开始。
  她：现在才早上七点啊。我们昨夜才聊到三点。我彻夜未眠。现在还要去上班……
  他：你可没把事情说清楚。
  她：我什么都告诉你了，还有什么好说的？你想找他来谈一下吗？我让你跟他谈谈？
  他：<u>没有那个必要，我们俩的事情自己解决</u>。你现在到我这儿来一趟。

——尾声

  从上面的对话可以看出，男主人公总是在第一时间便阻断了伴侣向他人求助或者倾诉的念头，这看起来像是为了保护双方隐私而做出的客观声明，却使得女主人公很难寻求外界的支持。这是操纵者实施孤立策略的一部分。

四、捕捉各种琐碎的证据，盘根问底

两性关系中的操纵者经常会有一个共同的表现，便是对对方的过去盘根问底，或者对目前的关系疑神疑鬼，捕捉各种琐碎的证据，有可能是事实，也有可能纯属想象，以证明伴侣已经不爱自己，操纵者会表现得像个醋坛子，对伴侣充满占有欲。起初，这可能被认为是爱的表现，但随着时间的推移，女性会发现，操纵者只不过是在为日后的人身攻击和进一步操纵收集更多的证据与资料罢了。操纵者未曾发现，正是自己的所作所为才让伴侣渐行渐远。在剧中，男主人公不止一次试图挖掘女主人公的过去，还原两性关系中病态的纠缠过程。这一主题首次出现在第二幕：

他：这样吧，我们来好好聊聊，我想知道你的一切，包括你的过去，在我之前的……
她：（沉默）
他：快呀，我想听。
她：不嘛，要不，你先说。
他：我想先听你说。

等女主人公说完了自己过去被强暴的过往，男主人公一直默不作声，等女主人公说完，男主人公出其不意地来了一句"有一天我会跟你学的"，进一步突出了心理层面的张力与内爆导火索。在第六幕中，男主人公给女主人公打来电话，在充足的铺垫之后再次提及女主人公在罗马被强暴的历史：

她：亲爱的，你都好吗？
他：嗯……
她：亲爱的，有什么问题吗？
他：没有，只是……
她：你是不是身体不舒服？
他：（沉默）

第二部分 《尘》文本解读

她：告诉我，亲爱的，有什么事？
他：我想问你一件事。
她：什么事？
他：一段时间以前跟你谈过的一件事。能说一下吗？
她：当然可以。
他：不过……旧事重提你介意吗？
她：没问题，亲爱的，我不知道是什么事情，但你可以尽管问我。
他：你记得那次跟我说在罗马发生的事情吗？

停顿

她：记得。
他：我们再提这个事你介意吗？
她：你想谈吗？
他：我想。
她：亲爱的，如果你想谈，我们就谈。
他：你能再把那件事细说一遍吗？
她：这个，亲爱的，我已经都跟你说过了。
他：能再说一遍吗？求你了。

在男主人公百般央求下，女主人公又一次重述了在罗马的遭遇，男主人公这次不再沉默，转而开始斥责和挖苦女主人公，让其再次陷入困境：

他：这个我知道，那你之前怎么不叫呢？你怎么不在最开始几秒钟立刻呼喊求救呢？
她：（沉默）
他：你能跟我说说你为什么不大喊求救吗？
她：（沉默）
他：妈的，如果你半夜三点下楼在罗马的大街上散步，就穿着一件小薄裙，你想干吗？你等着人给你送花对吧？你跟我说清楚。说到底，这是你自找的……活该，你巴不得这样的事情发生。

89

她：（哭着）亲爱的，你告诉我应该怎么说我就怎么说，应该怎么想我就怎么想，应该怎么做我就怎么做。

上述对白表现了男主人公穷追不舍地谈论这个主题其实是一个陷阱，利用受害者过去经历过的伤痛、遭受的虐待作为攻击她的武器，最后得出结论说一切是受害者罪有应得，"是你自找的"，"半夜三点下楼在罗马的大街上散步，就穿着一件小薄裙，你想干吗？"受害者所有的弱点都会被操纵者无情地利用。这也无形中警示了观众、读者以及潜在的受害人群，要谨言慎行，不要向情感操纵者们讲述过去的遭遇和创伤，他们了解得越多，一旦时机成熟，受害者越会遭到可怕的打击。

第八幕中，男主人公又一次逼问女主人公的过往，最后强词夺理，得出"所以我爱你，而你不爱我"的结论，并再一次给女主人公贴标签："每次我们谈到这个问题，你的回答都不一样。你看你就是靠不住！"对话如下：

他：感情是所有一切的基础。在我之前你到底有过多少男人？

她：我跟你说过了，两个。两段时间都很长……

他：行了，其他的就别说了。我问你这些了吗？你说了：有过两个。可你知道在你之前我有过几个女人吗？零个。所以我爱你，而你不爱我。

她：我怎么会不爱你呢？

他：我们在玩斗地主吗？

她：什么意思？

他：你说了，你爱三个人，包括我。一个、两个、三个。三个中有一个是真爱。哪个是真爱？

她：都是真爱啊。认识第一个男朋友的时候，我才十七岁……

他：哎哟哟，总是你这第一个男朋友，十七岁的人生初恋，多么甜美，多么浪漫，你祈福你女儿也将拥有同样的爱情故事……这男的有啥特别之处吗？

她：他当时很喜欢我。

他：（吃惊）哦，是吗，他喜欢你。那我都能想象得出来你对他说过多少遍"我爱你"。

她：（沉默）

他：（沉思中）说，你对他到底说过多少遍"我爱你"？

她：（沉默）

他：说话啊？

她：也就三四次。

他：啊？你以前可是说只说过一次。看到了吗？你的回答总是前后不一。每次我们谈到这个问题，你的回答都不一样。看看，你就是靠不住！

情感操纵者们通过这样的手段引起受害者的认知失调，通过不断灌输逻辑上矛盾的信息，导致对方感到混乱，从而产生困惑，开始怀疑自己对现实的认知以及自己的判断能力。在这种交流中，无论女主人公怎么回答都不是正解。男主人公要求女主人公对其所提出的荒谬的问题作答（"说，你对他到底说过多少遍'我爱你'？"），最开始女主人公可能摸不着头脑，无从回答，然而，一秒钟的犹豫都有可能激怒他们（"说话啊？"）。当女主人公结结巴巴地回答时，读者就会明白，这是一个圈套，无论如何都没有正确的反应和答案，操纵者总能把话语绕到他所要达到的目的上去。

到了第九幕，男主人公不知道从哪儿听来一个叫伊万的男人，是女主人公的同乡，他再一次不依不饶，从痛斥女主人公开始，加以各种猜疑与指责，对其进行人身攻击和人格瓦解：

他：你是个骗子，还是个婊子。

她：什么？

他：你是婊子，也是骗子。

她：你这么说什么意思？

他：昨天我碰到一个认识你的人。

她：是谁？

他：你的一个老乡。

她：我老乡？

他：世界真小，对吧？昨天我给你一个老乡拍影集来着。

她：那又怎么了？

他：我问他认不认识你，他说认识啊，伊万·多纳托的前女友。

她：我不是他前女友，我们从来没有在一起过。

他：啊哈，所以你认识他？

她：我没跟你说是因为没什么好说的。只是一个普通朋友。

他：如果只是一个普通朋友，你干吗不承认？

她：因为我们之间什么都没有，从来也没在一起过。

他：骗子，骗子还有婊子。

她：我发誓我没跟他交往过。

他：那你为什么没跟我说起过他？因为你们还在见面？

她：因为没有碰到需要说的时候。

他：可是今天我们说起他了。

她：是的，我知道，亲爱的，我错了。

他：你说你是不是骗子？

她：我只是害怕你又多想。

他：什么？你们还在见面？你们在一起有见不得人的事？这就是真相，对吧？

她：不不不。

他：行了，就算不是现在的事，那以前你们也是有一腿的。大家都知道。

最后一幕，电话再次响起，男主人公重拾伊万这个话题，纠缠女主人公不放：

他：你能跟我讲清楚你跟这家伙到底有没有一腿？

她：谁啊？

他：你心里清楚得很，伊万·多纳托。

她：不不不，你又来了。

他：什么意思，你以为我们的问题解决了吗？我跟你讲，问题才刚刚开始。

她：现在才早上七点啊。我们昨夜才聊到三点。我彻夜未眠。现在还要去上班……

他：你可没把事情说清楚。

她：我什么都告诉你了，还有什么好说的？你想找他来谈一下吗？我让你跟他谈谈？

他：没有那个必要，我们俩的事情自己解决。你现在到我这儿来一趟。

操纵者的内心是麻木不仁的，他们需要依赖伴侣体会自己的情感，得到伴侣的支持。只有当伴侣惹怒自己的时候，他们才能感到自己的存在。操纵者常常要把伴侣折磨到哭，甚至崩溃才肯罢休，他们逼伴侣向自己示弱，但这样的示弱又令他们极其不满，因为这正是他们自己最真实的样子。由于担心伴侣会离开自己，任何的蛛丝马迹都让他们抓狂，并会因此狠狠地折磨、挖苦和惩罚伴侣。

五、假象迷惑，用短暂的温存挽回对方

作为一个具有较高的文化学识、良好教养的都市女性，为何顺从操纵者的摆布，并且接受其制定的规则呢？原因是多方面的。第一，在第一幕中，我们可以看到，男主人公不断责怪女主人公没有在公众面前明确表示他们的恋爱关系，这一行为像是某种爱的表达，比如嫉妒。这是女主人公的困惑之一，即在"当局者迷"的情形下无法区分爱、嫉妒和操纵的区别，误以为爱到深处，嫉妒就油然而生。因此，当男主人公在该幕的结尾处开始制定过分的规则，如"不过下回你可得让旁人一眼就明白咱俩是一对儿"，女主人公尽管很困惑，但她觉得这是出自男主人公爱的表达，因此在麻木中被动接受了操纵者的"规则"。第二，被假象迷惑，操纵者对伴侣疯狂的占有欲有时候看上去像是热恋期的浓情蜜意，他善用短暂的温存"包裹"自己的操纵规则。如在第一幕中，在对女主人公提出要求之前，男主人公看到女主人公开始感到自责，便说道：

他：行啦，也犯不着把这件事想得太夸张，你明白是怎么回事就好。

她：不管怎么样，真的对不起，之前让你那么尴尬。
他：你也说了，不是故意这样做的，对吗？
她：当然不是，绝对不是，不过还是很抱歉。
他：（带着甜蜜的微笑）那我们就和好了，对吧？
她：（点头）

男主人公想尽办法指责女主人公，终于，女主人公开始感到羞愧，这时男主人公出其不意地"放她一马"，于是她迅速地被这种亲密的爱意包围了，殊不知，这只是假象。随着时间的推移，她因自己一系列的矛盾情绪，交织着亲昵、依赖、恐惧、羞愧等而感到迷惑，因此更难以抽身。从上段文字可以看出女主人公努力地取悦对方，希望自己的努力能让爱情回归原来的样子。而操纵者只是想利用亲密的关系与女主人公脆弱的情感，让女主人公听命于自己，为后面要制定的"规则"打下埋伏。

一番"煤气灯操纵"之后，男主人公还会流露出稍纵即逝的浪漫、亲昵与爱意，可谓是暴力之后的"蜜月期"，在"挪椅子"这一幕中有这样的表现：

他：[……]而我，需要了解你是否是一个靠得住的女人。
她：我以后会更小心的，亲爱的，你放心吧。
他：哦？那你会跟我坦白一切？
她：是的，当然，如果你想知道的话，亲爱的，你随便问。
他：我什么都可以问吗？
她：是的。
他：我在这里什么都可以动吗？一切都经得起考验？
她：当然，咱们是一家人。
他：我可以打开你的电脑，看你的邮件……
她：可以。
他：真的？
她：真的。
他：你确定？

她：很确定。

他：（露出孩童般的笑容）好吧，我信你。

他开始像孩子一样做鬼脸。

他：我可是很相信你哟。

她：（笑）

他：你喜欢我这么相信你？

她：（笑）

他：还是这样？

她：（笑）

他：还是这样更好？

她：（笑）

他：可能这样更好。

她：（笑）

他邀请她跳舞。

男主人公之前表现得很过分，为了一把椅子的挪动而不依不饶，喋喋不休，死缠烂打。紧接着出现这样柔情的一幕，无疑让女主人公看到了希望，仿佛沙漠中缺水的人看到了甘泉，而操纵者利用这样短暂的温存挽留伴侣，重获伴侣的芳心。暴力之后的温柔相待，对于女主人公来说显得如此珍贵，好像给予了一个巨大的恩惠，在双方的互动中完成了一个"暴力周期"的闭环。

再看该剧第七幕，这是全剧中篇幅最短的一幕，跟其他表现"暴力周期"闭环的剧幕不一样，只表现了男性温柔、保护性的一面：

他和她拥抱。

他：来，到这儿来。

她：不，我不敢。

他：不是吧，就一匹马有啥可怕的。

她：不，我怕……

他：你过来，喂它点儿吃的，它不会把你怎么着的。

她：我怕……

他：有啥好怕的，勇敢点儿，有我在呢。

她：我做不到。

他：别把手抽开，你看看，它也怕你。

她：嗯，但你别松手啊。

他：你放心，我把我的手放在你手下面。

她：哦，天啊，它来了，它来了……

他：放心，放心。

她：它到了，它到了？

他：你没感觉到痒吗？

她：（沉默）

他：它已经把你手上的东西吃掉了。

她：你在逗我吗？

他：你看，你乖乖的就对了。

她：哦，天啊，我简直不敢相信。我成功了，成功了。

他：看看你做到了吧？

她：谢谢，亲爱的，谢谢，这简直不可思议。

他：你真是个孩子。

幕落

编剧没有把这一幕安排在剧目的开头部分，而是把其放在尾声阶段，这样的安排有着特别的用意。如果放在开篇部分，那么表现的仅仅是一个浪漫的场景。而经过了第一幕到第六幕多个回合之后，男主人公表面之下的控制型人格的病态心理已经有所暴露，这时的甜蜜场景让观众一眼便能识别这样一个"圈套"，表面上是男主人公对女主人公的爱护和保护欲的展现，而男主人公实际的内心表达是：我比你强，你应该听我的，我告诉你怎么生活，我来教会你如何生活、如何为人处事。

六、树立"贤妻良母"形象，潜移默化地改变对方人格与价值观

在亲密关系中，最重要的便是"平等"。但如果有一方具有支配倾向，不把对方当作一个独立的、完整的人去尊重、去接纳，那么当发现对方存在一些自己看起来不舒服的缺点时，就会想着如何去改变对方，让其逐渐靠近自己心目中的理想形象。特别是如果具有支配倾向的一方是男性时，这种理想女性形象则更容易被塑造。直到今天，男性依旧在社会的各个方面占据主导地位，往往享有比女性更多的优待。即使在今天，社会全面倡导伴侣互相尊重、真诚相待的时代背景下，也无法摆脱根深蒂固的传统价值观念的影响。男性被教导身为男人，应该负责家中的重大决策，引领妻子和整个家庭，女性则被教导要照顾好丈夫与孩子，职业女性则更多地探讨如何平衡工作与家庭，但对于职场男性，这似乎根本不是个问题。因此，控制型人格的男性发现，可以毫不费力气地给伴侣设立所谓的"贤妻良母"标准，并以此要求伴侣，伴侣必须满足自己的一切，而且不必再尊重她的自主性，自己便是伴侣生活的中心。女性需要照顾他人的感受，取悦伴侣，而男性则更多关注自己的需求。在这样的环境中，男性施以操纵的时机已经相当成熟。在该剧中，第一幕便充分地展示了男女双方的性格特质，即控制型人格与依赖型人格的相处模式，第二幕中男主人公便开始给女主人公树立"贤妻良母"的理想形象：

他：你知道我是一名摄影师，对吧？

她：嗯，知道。

他：我跟你说过我给印度女人拍过照片。

她：是的。

他：这组照片在前些日子的一期《快报》上刊登出来了……不过，我认为编辑部没有选我拍出的最好的照片。

她：为什么？

他：因为他们选的都是一些跟社会问题相关的照片，当然啦，这也无

可厚非，只是要是我的话，我会选那些更能代表她们生存状态与生活方式的照片。

她：具体是怎样的呢？

他：她们不仅有美丽的外表，更有内在美，她们言行得体、举止端庄，是贞节的象征。

她：哦，你说的这些确实是挺好的方面。

他：总之，她们没有西方女性所强调的那种对性欲和对愉悦感的渴求。

她：不过，也不会个个都这样吧。

他：几乎所有印度女人都这样。反正对我而言，印度女人是美丽的代名词。

这里，男主人公的话语中设立了一个他对所谓的"好女人"和他眼中的女性美的形象标准，其中的核心结论便是"贞节（pudore）"，即要求妇女保持性的纯洁和专一，在厚重的贞节之墙的包围下，女性应当摒弃情爱本性，也就是男主人公所说的"对性欲和对愉悦感的渴求"，这样才是真正的女性美，是"美丽的代名词"。接下来，男主人公给女主人公讲了一个故事，关于80岁老父亲如何在母亲细致入微的照顾下抵御寒冬、战胜死亡的故事：

他：正是。一个八十四岁的老人，在天寒地冻的夜晚脸朝下趴了一晚上，跟我说：还行。

她：太不可思议了。

他：你知道他为什么没被冻死吗？

她：为什么？

他：因为我母亲，这个伟大的女人给我爸爸穿了好几条羊毛秋裤、羊毛秋衣、绑着皮筋的羊毛长袜，叠穿了好几条裤子、衬衣、长衫、外套、大衣、围巾、帽子和手套。如果不是穿成这样，早就被冻死了。这就是爱情。爱情连死亡都能战胜。

她：谢谢你给我讲了一个这么感人的故事。

这里，男主人公用"伟大"这个词来形容自己的母亲，那么对于他来说，一个崇高的爱情应该是怎样的呢？应该是像母亲一样，"给我爸爸穿了好几条羊毛秋裤、羊毛秋衣、绑着皮筋的羊毛长袜，叠穿了好几条裤子、衬衣、长衫、外套、大衣、围巾、帽子和手套"，应该像母亲对待孩子那样保护着男性，拯救男性。至此，男主人公已经成功地向女主人公塑造了一个他心中的完美女性形象：首先，她应该是坚贞不屈的，不能有任何情爱方面的念想与举动，她得严格要求自己，不越雷池半步；其次，她应该如同一个母亲对待孩子那样保护男性，拯救男性，如果男性犯了错误，她能够像一位母亲对待自己的孩子一样理解他、原谅他、宽恕他。

理解了这一层意思，该剧各幕之间便产生了微妙的联系，男主人公对于女主人公的贬低与指责便有了思想根源。了解这层意思对于读者对全剧的理解，特别是译者对全剧的理解和翻译，意义是重大的，因为这体现了作品本身的"内在一致性"（Berman，2001：50-51）。我们就不难理解，为什么在第一幕中，男主人公对于女主人公的所谓的"不雅小动作"格外不满：

他：那是。你穿着低胸小薄衫，还那样摸你的脖子，盯着你看的男人可不会认为你在专心听他说话的。

她：为什么？他会怎么认为呢？

他：也许会觉得你很轻浮。甚至觉得你可能在挑逗他，懂吗？

我们不难理解为什么在后面第三幕中，男主人公对女主人公家里挂了十几年的画格外看不惯：

他：你看她，身上带着一股狐媚。其他所有这些女人，一个挨一个的，全都被她踩在脚下。这不就是在搔首弄姿，卖弄性感吗？

她：有吗？

他：当然，在那儿赤身裸体的。

[……]

他：你看她的眼睛，那狭长的细眼。

她：反正她画的不是我。是她送给我的礼物，但画的不是我。

他：她画的正是你。她想送给你正是因为这就是你。你喜欢吗？

她：不会吧，我觉得不太像我，你看这眼神，就像你说的，看起来挺嚣张的。你不会觉得我也是这么嚣张，这么狐媚吧……

他：（用肯定的语气）其实还真有一点儿。

[……]

她：嗯，这幅画都跟我好多年了，至少十五年了。我没觉得它看起来不顺眼。

他：嗯，但是它展现了你轻浮的一面，我不喜欢。

她：不过就是一幅画而已。

他：是一幅画，没错儿，不过你把它扔掉或者烧掉的那一天，对你来说将会意义重大，说明你长大了。

我们也不难理解为什么男主人公连女主人公修个眉都无法容忍：

他：你看，这种眉形会显得眼神很凶悍。

她：是吗？反正……我以前没有这样的感觉。

他：可是这是真的。你好好看看。

她：那我不应该修眉吗？

他：确实不应该。因为你是那种很甜的长相，像个小姑娘似的，而这样的眉形会改变你的眼神，让你看上去很轻佻，我不知道你明不明白我的意思。

男主人公通过给女主人公贴标签"你是那种很甜的长相，像个小姑娘似的"，来强调自己心中的理想女性价值观，无论主题是关于一幅画，还是眉毛，还是一个手势，话语的核心主题便是，只要女性展现出自己跟性相关的一面，在男主人公看来就是"狐媚""轻佻""轻浮"，都应该被完完全全摈弃，因为男主人公"不喜欢"。作为控制型人格，遇到对方的举止行为不合自己意的时候，会毫不犹豫地加以干涉和侵犯，包括化什么样的妆、穿什么样的衣服等最基本的权益：

他：你那天化妆了吗？

她：没有。

他：穿哪件衣服呢？

她：一件橙色的连衣裙。

他：橙色的连衣裙？你就想惹人注目对吗？

她：没有呀，亲爱的，你想哪儿去了？那件裙子很宽松的，也不太好看。

他：没错儿，但是是橙色的。

除了上述对于女性外表、举止、家居物品等方面的苛责，操纵者对于女性的要求苛刻到连"念头"都要加以控制：

他：那你觉得你见到他开心吗？

她：这个怎么说呢，就是那种正常的高兴，就是……我也不知道……有点儿好奇，真的好长时间没见了，所以就随便聊了一小会儿，你最近在忙什么，以前干吗了，后来怎么样了之类的。

他：那他看到你开心吗？

她：不清楚，也许吧，我感觉……就是正常的两个人打招呼。

他：你们打完招呼有说再见面吗？

她：我连马可的电话号码都没有。

他：所以你们没说我们下回再见之类的话。

她：没有。就说了句"拜拜"。

他：那你在回家路上，又回想过你遇到马可的事吗？

她：没有啊，为什么要想？没有。

他：所以之后一整天你就没再想这事了？

她：没有。

因此，所有来自操纵者的这些几近病态的贬低和指责，无一不反映出其内心深处对于女性的看法，以及其根深蒂固的价值观。对于他们而言，理想的贤妻良母应该是贞洁的，应该对伴侣怀有无私的母爱般的呵护，应该保护伴侣，如果伴侣有什么不当之举，应该以宽广的胸怀宽恕他们，拯救他们；而女人对她们自己则应当做到严格要求，做到高度克制，不能在外表打扮上、行为举止上，甚至想法念头上有丝毫的性意

101

识。这也便是为什么哪怕法律和社会给予男性和女性同等的自由，男性对女性情感操纵与施暴依旧时常发生，并且很难纠正。有一种说法叫"只有零和无数次"，因为内心深处的价值观是最隐秘、最难以改变的，一旦存在，就像潜藏在生活中的定时炸弹。

七、惩罚，通过身体虐待给对方带来身心创伤

身体暴力与情感操纵不无关系，二者是相辅相成的，前者属于后者的一种手段。即便是轻微的身体暴力，也会让情感操纵变得更加容易，使得受害者变得更加恐惧。并非所有的情感操纵都存在身体暴力，也并非所有出现身体暴力的亲密关系都是情感操纵（方特斯，2019：36-40）。有时候，女性并不确定自己所遭受的伤害是否属于身体虐待，女性也许感受到了威胁，却没有意识到自己已经成为暴力的受害者。身体暴力在该剧中也有所表现，均出现在接近高潮和尾声的几幕中，比如第八幕末尾：

她：难道又要把我十七岁的事情再拿出来说一遍吗？
他：是的，如果有必要，说五十次也没问题。这样吧，我们泡个茶，印度茶也行，你不是喜欢那个茶吗，然后我们从头说起。
她：从头说起？
他：是的，所有一切，从头说起。坐下。
她：（带着轻微反对的语气）不，求你别这样，够了。
他：你怎么说话的？
她：不是，我想说……
他：不不，你再重复一遍你刚才的话？
她：我说……
他：用刚才那种语气。再说一遍……再说一遍……再说一遍！
她：（用刚才的语气）我说够了。

他给了她一记耳光。

又如第九幕：

他：行了，就算不是现在的事，那以前你们也是有一腿的。大家都知道。

她：你以往不是这么跟我说话的。为什么现在这么说话？

他：对待你这种人我只能这么说话。

她：我这种人怎么了？

他：你们这群婊子，是婊子，也是骗子。

她：你这么了解我。

他：看起来不像，但实际上是。你为什么不跟我说？

她：因为我们成天都在说我，我的过去，说了一遍又一遍，你问，我答，没完没了，翻过来倒过去就那些事，没完没了，没完没了……

<u>他出其不意地过来抓住她的乳头拧捏。</u>

从上面两幕可以看出，男性的暴力行为主要由对方"自我觉醒"或者带有反抗性的话语所激发，他试图利用暴力迫使伴侣改变自己的想法。当他认为伴侣令自己不悦时，就试图用言语惩罚伴侣，挖苦她，讽刺她，给她贴各种标签，如果还不能奏效，则升级为身体虐待。

八、女性的自我觉醒在剧中的表现

从另一个角度来看，男主人公对于女主人公的惩罚方式的升级，从语言暴力升级到身体虐待，但同时也伴随着女主人公自我意识的不断觉醒。在前几幕中，操纵者的一切行为与言语都在反复证明女主人公是错了，她理应为自己的错误负责，承受批评和惩罚。女主人公刚一开始质疑，男主人公就会马上打消她的念头，于是女主人公开始道歉，试图做出补偿，找出令他满意的办法。

她：不，我不是这样的人。只是，男朋友这个称呼，我觉得还不到那个份上吧。要是早知道你很在乎这个，我肯定会强调我们的关系的……反正不管怎么样，真的很抱歉……

他：这还差不多。

她：可能我考虑得不够周全……

他：确实是这样。

她：真对不起，总之我已经跟你解释清楚了。

[……]

她：咳，谁知道我怎么会有这么一种小动作。

他：算了……

她：总之……一团糟。

他：行啦，也犯不着把这件事想得太夸张，你明白是怎么回事就好。

她：不管怎么样，真的对不起，之前让你那么尴尬。

他：你也说了，不是故意这样做的，对吗？

她：当然不是，绝对不是，不过还是很抱歉。

——第一幕

他：所以你的闹钟有问题。

她：嗯，是的，可能吧。不，应该没问题。我一般上两道闹钟。

他：那你应该上三道。不过你要是这也不记得那也不记得的话……亲爱的，你做事就不能长点儿心吗？

她：我可以再想想，亲爱的，对不起，可是……我发誓……我真的记不得了，是我的错……你要是觉得椅子放在这里碍事，我把它放回原处好吗？如果这椅子让你这么心烦……

他：我不烦。做事情时要专心有多重要，你现在明白了吗？

她：是的，我明白了，亲爱的，对不起，你说的对。

——第四幕

他：哟。

她：对不起，我一下子戒不掉。需要一个过程……

他：我说什么了吗？我什么也没说呀。

她：这是今天第一根，也是最后一根。

他：不，我们昨晚可是说好了一起戒烟的。

她：你说的对，对不起，我没忍住。

他：所以你还在这儿偷偷抽。

104

她：没有，我想跟你说来着，真对不起。

他：当然，你今天可以隐瞒一根烟……

她：这个……

他：你就是靠不住。

她：我这就把烟扔了。

——第五幕

  女主人公不断地迎合男主人公，反复琢磨怎么才能迎合对方的心意，尽管不是她的错，她也会请求原谅，以期获得和解。然而她不明白为什么这么迎合，男主人公仍然一次又一次地勃然大怒或者失望透顶。终于，在第八幕中，当男主人公再一次挖苦她的过去时，女主人公第一次用了反问句式："难道又要把我十七岁的事情再拿出来说一遍吗？"当男主人公用命令的口吻表示"是的，所有一切，从头说起。坐下"时，女主人公第一次用带着轻微反对的语气回答："不，求你别这样，够了。"这一回答让男主人公大吃一惊，他万万没有想到这次女主人公没有顺从他的心意，于是斥责道："你怎么说话的？"女主人公尽管还是有所迟疑，"不是，我想说……""我说……"，然而最终她勇敢地表达"我说够了"；尽管男主人公此时给了她一记耳光，她也没有还手。但读到这里，我们可以看到女主人公试图摆脱暴力和操纵的念头。尽管她承受着巨大的压力，但她没有坐以待毙，她一直深陷对方设下的情感操纵网络，被其迷惑，可是随着时间的流逝，她尝试着表达自己，因为没有哪个女性，或者说哪一个人，甘愿承受他人的操纵和羞辱。第九幕中，这种自我表达的意识显得更为强烈：

他：行了，就算不是现在的事，那以前你们也是有一腿的。大家都知道。

她：你以往不是这么跟我说话的。为什么现在这么说话？

他：对待你这种人我只能这么说话。

她：我这种人怎么了？

他：你们这群婊子，是婊子，也是骗子。

她：你这么了解我。

他：看起来不像，但实际上是。你为什么不跟我说？

她：因为我们成天都在说我，我的过去，说了一遍又一遍，你问，我答，没完没了，翻过来倒过去就那些事，没完没了，没完没了……

他出其不意地过来抓住她的乳头拧捏。

比起第八幕，这一幕中，女主人公的自我表达与反抗更加充分，她开始明确地维护自主性，不再受伴侣摆布，突破自我怀疑的怪圈，放弃获得对方认同的想法，回答道："我这种人怎么了？""你这么了解我。"尽管这次的反抗仍然遭到了来自伴侣的身体虐待，但意识一旦觉醒，就再也不会安于现状，而是继续试图寻找出路，找回自我。因此，承认现状是走出陷阱的第一步，从对小问题提出疑问开始，表现出坚定的态度（"你以往不是这么跟我说话的。为什么现在这么说话？"），让情感操纵者明白他对自己的操纵力正在逐渐减弱。折磨女主人公的操纵者不会改变，唯一能改变的便是受害者对其的期望。在这一幕中，女主人公不再像之前那样，唯唯诺诺，一味顺从，而是表现出明确的愤怒。愤怒是一种力量，学会表达愤怒而不被愤怒淹没对于受害者来说是很重要的。如果受害者没有按照情感操纵者预期的方式做出反应的话，他们可能会把气撒在受害者身上，甚至像这一幕中表现的一样，采取身体暴力。

在尾声中，女主人公更加充分地展示出愤怒以及在压迫下向往自由的内心深处：

他：你要当着我的面跟我说清楚，你明白吗？再说……你好好反省反省，去照照镜子，去照照镜子，去啊去啊。看看你脸上的皱纹。你眼周的皱纹会告诉你你是谁。

她：我的皱纹。我的皱纹里布满了血。我的皱纹就是我。可你又是谁，说到底，你凭什么来评判我的生活？好吧，我就是个坏女人，我有皱纹，你要吗？我就这样。

他：哈，你现在怎么跟我说话的？有本事你当面跟我讲清楚。我们在家里做个了断，你要亲口告诉我你就是这样的，我得接受你这个德行。你看看你过去那些下三烂的事，谁会要你呀？能爱你的也只有我了。谁会在乎你呀？你以为你是谁呀？你看看你都做了些什么，你看看你那些不堪的过往！我们在家把事说清楚，把我们的问题再捋一遍，你得跟我说清楚……

她：<u>我还有什么好说的？你有完没完？</u>

他：咋啦？你以为我忘了罗马那事了吗？

她：<u>不不不，我真没有什么可以说的了，我都跟你讲过了。</u>

他：你以为我忘了你说半夜三点下楼去街边抽烟的事？你以为你的理由说得通？

<u>她站起身，把手机放在椅子上，转身离去 [……]</u>

生而为人，我们都希望有独立思考和行动的能力。即便是奴隶制时期，每一个人，无论是男人还是女人，也都在为自主意识奋斗着。人本能地不会允许自我就这么轻易地被抹去。该剧中，无论女主人公受到男主人公怎样的虐待和侮辱，无论受到怎样的操纵，人格与自我意识无论怎样遭到瓦解，她也仍然犹如向日葵一样面朝阳光，最后一幕中她终于大胆地说出："我的皱纹就是我"，这就是真正的我！女主人公不再唯唯诺诺，因为每一次的妥协都会促使情感操纵者乘虚而入，变本加厉。她开始拒绝满足他的要求，按照自己的方式行事（"站起身，把手机放在椅子上，转身离去 [……]"）。

该剧结尾是开放性的："她站着，一动不动，眼睛看着手机。"看似简单的一句场景描述却颇有深意，与主题呼应，点明"尘"的寓意。情感操纵有如灰尘一般，如影随形，看不见、摸不着，身处其中的人不易察觉。只有从中跳出，从外面的世界，以旁人的视角，擦亮眼睛看，才能看清自己的内心与混乱的外部世界。女主人公最后的这一举动是令人欣慰的，给予人们希望。我们有理由相信，一旦意识觉醒了，悲惨的结局是有可能避免的。虽然受害者无法在一夜之间获得自由，但只要不放弃，有勇气做自己，终有一天能从这纠缠不清的关系中摆脱出来，终将如愿。

第四节 《尘》在意大利及海外的评论与接受概况

《尘》是萨维利奥·拉鲁伊纳的最著名的作品之一，于 2015 年 1 月在意大利米兰普契尼剧院首演，由其自导自演，与作者此前的两部作品《丢人现眼的女人》和《波尔托太太》被称为暴力主题的三部曲。三部作品均在意大利各地上演，广受好评。2021 年 10 月《尘》再次在米兰上演，依旧好评如潮。该剧多次获奖，比如，2015 年意大利罗斯特兰罗（Lo Straniero）奖，2015 年意大利国家戏剧奖最佳编剧奖与最佳男演员奖，2015 年意大利安尼芭乐·鲁切罗（Annibale Ruccello）最佳编剧奖。拉鲁伊纳以看似轻松平实的叙述风格和独特的人物形象刻画而著称，作品展示了剧作家对人性的洞悉，以类似化学解剖的方式呈现人物内心的苦楚与伤痛。对于拉鲁伊纳的作品，意大利有学者做了专门的研究，较为全面的当属安杰拉·阿尔巴内瑟（Angela Albanese）博士，她是文学批评与翻译批评方面的意大利学者，也是意大利摩德纳雷焦艾米利亚大学语言文化系的研究员，曾于 2017 年 11 月出版了意大利首部关于拉鲁伊纳创作研究的作品《身份的解读》（Identità sotto chiave），对拉鲁伊纳戏剧语言与戏剧风格做了深刻的探析，对其重要作品进行了分析。该书第一章介绍了拉鲁伊纳，其剧团纵观及发展历程；第二章探析了该剧作家的两部独白剧《丢人现眼的女人》和《波尔托太太》，它们是关于暴力、流产、反叛的故事，用剧作家的家乡方言——卡拉布里亚大区方言写成，阿尔巴内瑟博士着重对两部戏剧中的文本修辞以及身体与手势方面的细节进行探讨；第三章分析了拉鲁伊纳创作的一部关于意大利移民阿尔巴尼亚的故事的剧《意大利移民》（Italianesi）；第四章则深度探究《尘》中所展现的两性之间的语言暴力与精神暴力；第五章呈现了拉鲁伊纳最新独白剧作品《为爱而生》（Masculu e fiammina）。每一章均为基于剧本文本分析的作品解读，在挖掘文本内涵的同时，对拉鲁伊纳诗学的探析也有着独到的见解。

《尘》在意大利上演之后，各大媒体相继报道，由于数量庞大，这里将摘取主流意大利媒体的报道[6]。《24小时太阳报》评论员雷纳托·巴拉奇（Renato Palazzi，2015）写道，这部戏剧带着有如精神病报告一般近乎冰冷的客观性，在资产阶级的生活背景下，用平实的意大利语表现亲密关系内部的权力结构，它被分解成一个一个的小细节，表现形式接近极简主义。男人告诉女人他的尴尬和不安，因为她在别人面前喜欢抚摸自己的脖子；她没有向外人介绍他是她男朋友，于是他指责她不爱他；她戒烟不成功，点起一根烟，男人贬低她的行为和人格。他并没有在身体上虐待她，却用比这更阴险的方式进行审讯，调查她的过去，反复提起她多年前遭受强暴时的感受，挖苦她、侮辱她。有时他会表现得很温柔，会微笑，但这更令人不寒而栗，那是一种扭曲的微笑。男演员兼编剧拉鲁伊纳特别擅长表现这样含糊的笑容，以及一些看似不起眼，但充满狂躁的小手势，比如用手指敲击椅背等；而女演员拉塔里（Jo Lattari）也展现了出色的表演才能，充分表现出那些陷入无法逃脱陷阱的人的困惑。

《晚邮报》评论员玛格达·波利（Magda Poli）写道，拉鲁伊纳展示了他令人震惊的新作，亲密关系中的暴力在虚假的宁静、理解以及爱的表面之下展开。他不断地审问她，关于她的过去、她的现在以及她的思想和念头，控制欲在爱的谎言下肆虐弥漫，语言暴力的粉尘侵入她的灵魂，使她变得软弱无助，而他则沉迷在掌控权力的快感中，通过粉碎他人来获取自我肯定。

《共和国报》（米兰版）评论员萨拉·奇亚波里（Sara Chiappori）写道，谈论女性的通常是女性，尤其是在涉及暴力和权力关系时。拉鲁伊纳是一个例外。通过《尘》他将一对伴侣带到舞台之上，让我们感受到隐藏陷阱的暴力模糊区域。《尘》表现的暴力都是心理和情感层面上的，拉鲁伊纳在层层递进的紧张和不适气氛中展开一系列场景。文本看似简单，甚至带着北欧式的极简风，然而，不安与压抑在词句之间的停顿、不断重复的话语中逐渐加码，看似平常的对话中糅杂着尖锐的碎片。极简的场景造就带着近似幽闭恐惧症般的空间，他的前进与她的退缩、他

---

[6] 材料取自剧团官网：https://www.scenaverticale.it/it/press/polvere/

的攻击与她的自卫，二者之间越来越狭窄的距离以及不断强化的威胁感若隐若现。拉鲁伊纳是表现细节的大师。他对微动作的敏锐表现，如手指紧张地弹动、双腿不安地移动等，十分有带入感。

《新闻报》评论员玛萨莉诺·达米科（Masolino D'Amico）则提出反思，为什么当我们在报纸上看到杀妻新闻的时候，通常的反应是：这女的难道一直没有觉察到危险信号？她为什么不提前做出反应呢？这部戏剧给出了答案。他与她相识，他很贴心、很温柔、很深情，而她还不习惯得到这么高度的关注。她在异乡生活工作，周边没有很多朋友。她有过被强暴的心酸往事，但相信自己已经走出困境，并勇敢地向他倾诉。他的控制欲和占有欲越来越强，越来越走向病态，甚至疯狂。

意大利博洛尼亚大学艺术系戏剧创作教授杰拉多·古奇尼（Gerardo Guccini）负责该剧本的 Eurodram 项目选送，以推进此剧本在欧洲范围内的翻译出版发行。该学者指出，《尘》这部剧中，真正呈现在读者或者观众心中的落脚点既不是他，也不是她，而是心理机制的病态反映，是内心受到的威胁。戏剧被赋予了一种清晰、可怕、真实的压迫感，这不是某个具体的事物，不是某种行为，而是一种感同身受。从这个意义上说，"《尘》与莎士比亚的创作并无两样，语言化作一种神奇的力量，比匕首更伤人，比酒更醉人，比性与权力更令人满足"。"阅读后，我的印象是，《尘》像卡拉瓦乔的一幅作品，美在明与暗的强烈对比中，美在每一束光对于人物的刻画与雕琢中。"

该剧还被翻译成英语、西班牙语等语言，除了欧洲之外，还在北美洲、南美洲等全球多地上演。美国译者辛普森（Thomas Haskell Simpson, 2015）写道：作为该剧的英语翻译，我发现读者有着不尽相同的反应。这是一出表现权力的戏剧，尤其表现亲密关系中的心理问题，它暴露了语言能够带来的陷阱，尽管我们是语言的发出者，似乎我们可以控制语言，但其实我们往往被语言缠住，受其困扰而没有察觉。《尘》中最朴实的话语、最单纯的爱慕、最司空见惯的叹词，在不知不觉中却成为行使暴力的利器。就像戏剧中的角色和舞台上的演员一样，我们想象着是我们在使用着语言，是我们自己在控制着我们的身体；但我们，终究无法完全了解自己，我们也许被利用，与恶魔共存而却深陷其中，无法自拔。译者辛普森由此联想到阿尔托对于残酷戏剧理论的阐释,阿尔托指出,这里的"残酷"和"戏剧"均不同于他们的通俗定义,戏剧不仅指在被动的观众面前上演舞台表演,更是一次实践,"唤醒我们的神经和心灵","用它形象和行为的炽热美丽激励我们,就像精神疗法,让我们无法忘记它对我们内心深处的触碰"。而残酷也不是指情感或者肢体上的暴力行为,"残酷是生活中永不停歇的焦躁,而生活因此变得不必要、懒散或是失去了强制力。残酷戏剧表达了所有有关'罪行、爱、战争或是疯狂'的事情,以使'永恒的冲突在我们内心永不磨灭地生根'"(Gorelick,2011:263)。

委内瑞拉演员、导演、制片人迪安娜·沃尔贝(Diana Volpe)写道,2018年欧盟驻加拉加斯代表团邀请我为消除对妇女的暴力行为国际日举办戏剧演出,我毫不犹豫地选择了萨维利奥·拉鲁伊纳的作品《尘》。造成伤害的方法有很多,有些是明显的、直接的、残暴的,而有些则可能是更危险的、含沙射影的、内在的、不易察觉的方式。拉鲁伊纳通过戏剧向我们展现了后一种类型。我们往往发现这种暴力方式时为时已晚。《尘》的女主人公一开始是一个坚强、自信、开朗的女性,然而最终摧毁她的不是直接的肉眼可见的暴力事件,而是一连串小动作、评论、警告,这些在她不知不觉中接踵而至,就像难以察觉的尘埃,一点一点地让她走向窒息。男主人公的谴责是伪装成爱的暴力,其实这才是最常见的暴力,也是最危险的,因为它不那么明显。在排这部戏的时候,如何塑造男主人公的人物形象,我认为他必须在我们台下观众看来是一个理想的男人,对女性关爱有加,讨人喜欢。总之,我希望观众一开始是爱他的,就像女人一开始爱她一样。女主人公在开始阶段必须表现出自己是一个自信、阳光、开朗、有梦想的人。我希望观众以措手不及的方式发现女人的情感毁灭,与此同时,观众自身也感觉连同女主人公一样被男主人公抛弃。对于年轻的女演员罗莎娜·埃尔南德斯(Rossana Hernández)来说,表演的难点在于知道这个女主人公的结局,但却不能表现出来,而是逐渐地展露。男演员埃尔维斯·沙威恩特(Elvis Chaveinte),他不仅要吸引伴侣,也要吸引观众。埃尔维斯是一个温柔的男人,他要审视角色黑暗的一面,而黑暗面既不能太明显,又需要如影随形地贯穿始终。为了帮助演员找到感觉，在排练期间，一对芭蕾舞演员通过肢体运动来展示这一通过语言表达的舞台艺术。这样的排练有助于演员们从身体内部找到感觉，通过身体微小的表现来隐地展现两性关系。最后，我决定让这对芭蕾舞演员也留在舞台上，两个平行的世界相互映照。如果剧中男主人公有一个亲密的表达，那么男舞蹈演员也相应地抚摸搭档，同时定住她的胳膊。编舞编排的结局是女人已经完全被束缚，不得动弹。受欧盟驻加拉加斯代表团邀请，我们在委内瑞拉加拉斯加 La Caja de Fósforo 剧院上演了《尘》，连续五周上演，场场爆满。每一次观众们都沉浸其中，有的甚至忍不住高声评论，没有人能无动于衷。当一出剧能如此深刻地触动人心，可以说是一部出色的剧作。拉鲁伊纳总是设法震撼我们的灵魂，让我们反思现实，让我们扪心自问我们是谁，我们想要以及应该成为怎样的人。

墨西哥卡拉·穆勒（Carla Müller）说，我第一次在委内瑞拉观看了《尘》这部戏剧，它让我着迷，唤醒了我内心深处的某种东西。我意识到两性关系的暴力可以如此隐秘，甚至被爱的幻象包围。我们看到了一个女性人格被瓦解的过程，随着时间的推移，一个女性的光芒逐渐黯淡，意识逐渐模糊，现实生活中有多少这样的女性，在不知不觉中黯然失色。作为一名女性和女演员，性别暴力这个主题我非常感兴趣，因为它已经在我们的社会中存在了数世纪，甚至内化成社会传统思想的一部分，以至于每一个女性都可能在曾经的某一个时候遭受过性别暴力，但却没有意识到。《尘》展示了全世界数以百万计的女性正在遭受的"语言"打击，多少女性无法发声，最后沦为受害者。作为 21 世纪的人类，我们必须跳脱"男人应该是怎么样"或者"女人应该是怎么样"这类话题，并寻找新的定义方式，让我们能更好地理解与尊重彼此。从这个意义上说，把《尘》这样的戏剧带到墨西哥意义重大，墨西哥是拉丁美洲女性遭受家庭暴力比例最高的国家之一，期望疫情过去之后，在合适的时刻能再次看到这部戏剧的上演。

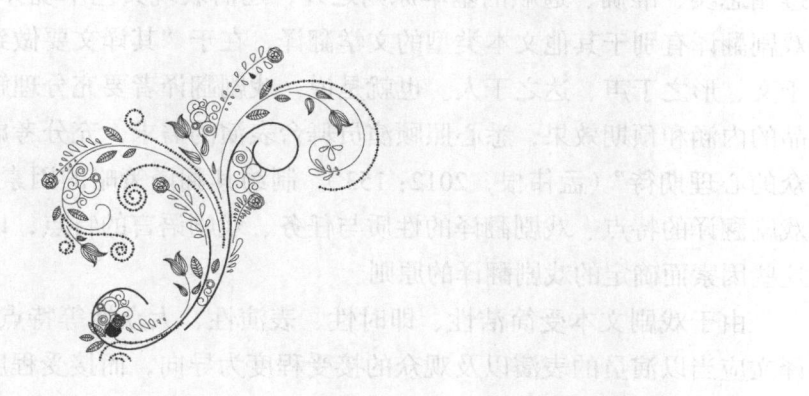

第三部分 《尘》翻译研究

意大利当代戏剧《尘》文本解读与翻译研究

戏剧翻译属于文学翻译，翻译方法跟文学翻译的准则有共性，除了遵循忠实、准确、通顺的基本原则之外，还需表现其艺术境界。然而，戏剧翻译有别于其他文本类型的文学翻译，在于"其译文要做到能见之于文、形之于声、达之于人。也就是说，戏剧翻译者要充分理解戏剧作品的内涵和预期效果，悉心照顾演员舞台表演的需求，充分考虑译语观众的心理期待"（孟伟根，2012：153）。制约其翻译策略的因素主要有：戏剧翻译的特点、戏剧翻译的性质与任务、戏剧语言的特点，以及综合这些因素而确定的戏剧翻译的原则。

由于戏剧文本受简洁性、即时性、表演性、大众性等特点的制约，译文应当以演员的表演以及观众的接受程度为导向，而接受程度首先取决于人物语言。人物语言包括对白、独白和旁白等几个部分，对白是人物语言的主体。人物对白是戏剧艺术的主要表现手段，"戏剧既不是诗歌也不是小说，它首先是行动中的对话"（Crystal，1997：75）。戏剧文本当中的对话应该"表达思想、情感、态度和意图，最终传达剧本完整行动的意义"（Styan，1960：367）。

总体说来，首先，作为文学翻译的一种类型，戏剧翻译有别于叙事体文学翻译。戏剧中，绝大部分的背景知识，包括时间、地点的交代，除了舞台布景之外的环境的描绘，事件的叙述、人物的介绍、心理活动的揭示等等，统统需要借助人物自身的语言来完成。因此，人物语言需满足多种功能，包括交代各种关系、推动剧情发展、刻画人物性格、表达人物思想、揭示剧本主题等。其次，戏剧表演特有的时空限制，这一因素也需纳入考量的范畴。话剧演出中，观众与演员处于同一时空，言语的输出与接受几乎是同时完成的，这一点与通常意义下的叙事文学很不一样。叙事文学作品是供人阅读的作品，可以反复阅读和揣摩，而戏剧则具有即时性，不能停顿，因此戏剧的语言必须言简意赅，台词要做到演员易念，观众易懂。应该尽量使用鲜活的日常用语，营造自然生动的舞台效果（Reiss，2000：27）。和戏剧台词的可表演性一样，译文也应该具备口语化（适合演员表达）和通俗化（便于听众理解）的特征，以减轻演员和观众在演绎和理解外国戏剧时承受的负担。这样的考量势必会影响翻译策略，"因为在戏剧翻译中，有些符号需进行诠释和改造才能用于目的语社会的沟通。这有助于说明,为什么会在某些地方优先使用某一种翻译策略,在某个地方摒弃的翻译策略却可能在另一个地方被采纳"(Aaltonen,2000:2-3)。最后,戏剧对话具有一定的动作性和表演性,它既能表达人物自身的心理活动,又能呼应强烈的外部形体动作。戏剧表演的特殊性决定了在具体的翻译实践中需兼顾演员的表情、动作等。因此,对戏剧非语言符号的把握同样至关重要。

第一节 《尘》的戏剧语言特征与翻译

《尘》这部剧的语言风格平实,是作者拉鲁伊纳精心安排的修辞策略,把貌似平白的语言转为折磨灵魂的利器,看似简单的语句蕴含着深刻的冲突与两性关系的内爆,司空见惯的语言表达其实无处不是精准设下的埋伏。该剧本于2015年被翻译成英文,译者托马斯·辛普森写道:"尽管台词朴实到近似苍白,但我们从戏剧最初的剧情发展便能感知到,语言成为威胁、掌控的载体,成为令人发指的狂躁心理对一个无辜者进行侵蚀的工具。"(Simpson,2015:174)该剧的对话摒弃任何形式的抒情,而是在句法与风格上进行剖析,在语义和语用方面字字雕琢。例如,关于挪椅子的场景便是一个最好的例证。男主人公对女主人公进行一连串审问,为的是满足他的控制欲,想掌控她生活每一个时刻的病态心理。又如,当男主人公得知女主人公在路上偶遇一个多时未见的老朋友马可时,也采用了同样的发问方式,试图把过去发生的事情中的任何一个细节都掰开来解析,成为其审问的内容。

平实的语言形式与犀利的语言内涵共筑的反差体现了该剧高度的修辞性。戏剧语言源自生活,但并不是日常语言的简单重复。"剧本的语言应是语言的精华,不是日常生活中你一言我一语的录音。"(老舍,1999:335)因此,戏剧语言是离不开修辞的,而修辞又服务于表现人物的性格与戏剧冲突。人物的对白一方面要符合人物的身份、年龄、性别、职业、经历等,另一方面又要反映人物的思想感情和个性特征。"要使剧中人物在舞台上,在演员的表演中,具有艺术价值和社会性的说服力，就必须使每一个人物的台词具有严格的独特性和充分的表现力——只有在这种情况下，观众才能懂得每个剧中人物的一言一行。"（高尔基，1958：243-245）"剧作者须在人物头一次开口，便显出他的性格来，这很不容易。剧作者必须知道他的人物的全部生活，才能三言两语便使人物站立起来，闻其声，知其人。"（老舍，2009：411）这句针对剧作者的表述也同样适用于对于译者的要求。《尘》一开篇就表现出这样的语言魅力。由于男女主人公在社会地位、生活环境等方面具有相似性，她是一位教师，而他是《快报》杂志的知名摄影师，他们在意大利都市中工作与生活，具有较高的社会地位和文化修养，因此，在语域方面的表现差别不大。然而两人在性格方面差距很大，他是一名情感操纵者，强势且咄咄逼人，而她则天真软弱，是情感的受害者。因此，在翻译的时候，译者务必要注意到这一差别，在准确、忠实翻译内容的基础上还要注意还原人物的性格特征与内心世界。例如，该剧的第一幕中，男女双方从一个朋友聚会中出来，男主人公发现女主人公在聚会上有良好的人际关系与互动，便心存妒忌，闷闷不乐。离开聚会之后，他以不去女主人公家，执意要去找个旅馆独自过夜为借口，来表达自己的不满，两个人物一开口，各自的性格便跃然而出。当女主人公问男主人公是否玩儿得开心时，男主人公直接打断她的话，说道：

LUI: Senti, puoi indicarmi un albergo per favore?

LEI: Perché?

LUI: Puoi indicarmi un albergo per favore perché io non dormo a casa tua?

LEI: Ma che dici? Dài, sali in macchina.

如果在不了解男女双方的性格特征的前提下进行翻译，翻译成类似如下的语段：

男：那啥，你能给我找个住的地儿吗？

女：为啥？

男：我又不住你那儿，你总得给我找个宾馆吧。
女：你这是干啥玩意儿？哎呀可算了吧，上车吧您！

从内容上看，这样的翻译貌似很忠实，意思都翻译出来了，语言的表达也较为生动，但表现出来的男女主人公的性格跟原剧格格不入，甚至相反，给人感觉两口子男弱女强，让观众无法迅速把握住戏剧冲突的要害。男主人公"请"女主人公为自己找个旅馆，想给女主人公施加压力，引起她的好奇与自责，语气上从表面上看非常客气，很正式，用了"per favore（请）""indicare（指示）"这样的字眼，但实际则表现出一种端着架子的样子，因此，在翻译的时候需要把这种"端着架子"、居高临下说话的语势翻译出来，可以改成：

他：劳驾，能麻烦你给我找个旅馆住吗？
她：为什么啊？
他：可以麻烦你告诉我一家旅馆吗？我不想在你家睡。
她：你这是要干什么呀？别这样，上车吧。

翻译中，试图通过使用"劳驾""麻烦你"等字眼把其语言内涵再现出来。可以看到，戏剧翻译的核心绝不仅仅是语义层面的翻译，而是要表现戏剧语言的功能。在这一点上，二十世纪七八十年代兴起的德国功能主义翻译理论为戏剧翻译提供了有效的指导。赖斯提出，翻译需要关注的不是单词或者句子层面，而是文本层面，并在这一层面如何达成交际、实现对等（Reiss，1989：113-114）。赖斯将语言学家卡尔·布勒对语言功能的三分法（信息功能、表情功能和感染功能）和文本类型以及交际情景联系起来，做出如下归纳（转引自芒迪，2016：107）：

（1）信息型文本："关于事实的平白交流"，包括信息、知识、观点等。语言具有逻辑性和指称性的特点，内容和主题是交际的重点。

（2）表情型文本："创造性的写作"——语言具有美学的特点，作者（或文本信息的"发送者"）连同信息的形式都很重要。

（3）感染型文本："引起行为反应"——感染功能旨在感染或者说服读者（或文本的"接受者"）并使其采取某种行动。这种类型的文本在语言形式方面具有对话性，重在感染读者。

翻译信息型文本主要在于向读者告知真实世界的客观物体和现象，"传递原文指称的内容"，应当采用"简朴的语言"，译文应"没有冗余，并且有必要的时候使用明晰法"（芒迪，2016：109）。表情型文本中的"表情"主要是指"发话者对世界物质和现象的态度"（Nord，2001：41），"在确保信息准确的基础上，译文应当反映出原文的艺术形式和审美特点。翻译方法应当是仿效法"，"译者应采取和原文作者相同的视角行文"（芒迪，2016：109）。感染型文本的翻译则应注意接受者产生的预期反应，努力在译文读者中创造同等效果。

戏剧文本则比较特殊，戏剧语言的话语功能往往并不限于单一功能，一句台词的话语功能不仅体现为剧中人物之间传递的语用信息，也需行使剧作家或者译者与听众之间的交际功能。德国戏剧理论家普菲斯特将戏剧语言这一在内在和外在的交流系统中需同时实现多种功能的现象称为"多功能性"（Pfister，1988：105）。比如在下面一段对话中：

她：天啊，抱歉，如果我真的像你做的那样，那也太不雅观了。

他：你看啊，我知道你没准儿是不小心才做了这样的动作，但你要多留意自己发出的信号。你得有这个意识。如果你真想暗示什么，那你就这么做；可如果你没有这样的意思，那就不要做这样的动作。

她：我绝对不想暗示什么。

他：可是假如你这样摸（重复刚才的动作）的话。

她：嗯……回想一下的话……我好像真的会经常这么做，只是我没想到会……

他：我是男人，知道男人是怎么想的，既然告诉你这个，你就得相信我。

她：那肯定，我信，我信。

这段话中占主导地位的是男主人公话语的感染功能：他想要说服她，希望她以后在与其他男人交流时不要再做一些不经意的小动作。同时，这段话语还具有表情功能：双方的性格在各自使用的语言中得到了体现——他咄咄逼人，为控制型人格，而她则小心翼翼，为依赖型人格。此外，这段台词也实现了信息功能：他明确表示对她摸脖子这个小动作的不满，表明女主人公都应该听他的。由此可见，在戏剧翻译中，译者需时时刻刻有这样的意识，即注意戏剧语言的多功能性，处理好各种功能在同一话语中的相互关系。

关于戏剧语言功能，雅各布森建立了更为细致的语言功能分类体系，区分了语言的六大功能：指称功能、表情功能、言语功能、寒暄功能、元语言功能和诗学功能。雅各布森指出，尽管区分了语言的六个方面，但事实上我们很难找到只实现某一种功能的语言信息（Jakobson, 1958/1981：18-51）。也就是说，语言具有多功能性，语言的各个功能可以同时存在于某个结构系统中并各具价值，具体体现为何种功能则取决于信息的焦点聚集在哪个语言要素上。普菲斯特基于雅各布森的语言功能模式，提出戏剧语言的指称功能、表情功能、诉求功能、寒暄功能、元语言功能和诗学功能。接下来将结合该剧中的对白对戏剧语言的功能进行一一分析，试图探求对语言功能性的分析可能给戏剧翻译带来的启示。

1. 指称功能

指称功能指语言呈现真实、客观的信息这一功能，这是戏剧语言的主要功能，因为信息基本是通过对话形式来传达的。但译者需要认识到，即便看上去是行使指称功能的戏剧语言也可以同时实现其他的功能。比如在该剧第二幕中，男主人公邀请女主人公敞开心扉聊聊各自的过往，男主人公却避而不谈自己的经历，转而讲述了自己父亲迷路的经历：

他：正是。一个八十四岁的老人，在天寒地冻的夜晚脸朝下趴了一晚上，跟我说：还行。
她：太不可思议了。
他：你知道他为什么没被冻死吗？
她：为什么？
他：那是因为我母亲，这个伟大的女人给我爸爸穿了好几条羊毛秋裤、羊毛秋衣、绑着皮筋的羊毛长袜，叠穿了好几条裤子、衬衣、长衫、外套、大衣、围巾、帽子和手套。如果不是穿成这样，早就被冻死了。这就是爱情。爱情连死亡都能战胜。

她：谢谢你给我讲了一个这么感人的故事。

他：现在该轮到你讲了。

她：（沉默）

他：说嘛，我很好奇……

这段台词既有指称功能，又有表情功能，还有诉求功能。表面上看，男主人公叙述了一个故事，实现的是语言的指称功能。自己的老父亲有一天迷路了，在天寒地冻中趴着一晚上爬不起来，幸亏母亲给父亲穿得够厚，才没有被冻死。男主人公就此便感叹"爱情连死亡都能战胜"，体现了语言的表情功能。接着，男主人公话锋一转，出其不意地转向女主人公："现在该轮到你讲了。"前面的一段成为引出女主人公讲述自己不堪历史的"前奏"，体现了诉求功能。在翻译的时候，需要照顾到不同语言功能的表达方式。

戏剧语言的指称功能涉及世界的事物、现象、社会文化等方方面面，可以是具体的，也可以是虚构的。这种功能主要通过文本话语的外延意义加以传达。该功能能否实现，取决于背景知识和语用前提。当源语读者与目的语读者不享有同样的知识和经验时，指称功能的实现就会遇到障碍。前文提到过，戏剧语言的话语功能不仅体现为剧中人物之间传递的语用信息，也需行使剧作家或者译者与听众之间传递的交际功能。因此，当台上对话者与台下观众都具有某一社会文化共同的知识，那么对于双方而言，是不言自明的内容，往往会加以省略，我们往往把这种省略称为文化缺省。戏剧翻译时，译者需注意，台上对话者的说话内容不变，而台下观众变了，换成了另一个社会文化背景，那么原先的文化缺省便会阻碍接受者对文本的理解。由于文化缺省是一种具有鲜明文化特性的交际现象，不属于该文化的接受者常常会在碰到这样的现象时出现意义真空，无法将台词内信息与台词之外的知识和经验结合起来，从而难以建立起理解话语所必需的语义连贯。例如，第一幕中，男主人公看到女主人公在聚会上交际自如，便醋意大发，发出这样的感慨：

LUI: Ti sei sentita appagata?
LEI: Di cosa?
LUI: Sembrava di essere arrivato con Brigitte Bardot... Tutti che ti toccavano, che ti salutavano, ti abbracciavano. Ma ti sei vista?

这里，提到了一位二十世纪五六十年代风靡全欧洲的著名影星碧姬·芭铎，男主人公原话说："好像我是跟碧姬·芭铎一起到的"，以此来讽刺女主人公在聚会上如鱼得水的风光场面。但对于中国观众，虽然碧姬·芭铎的形象可能不少观众都有印象，但大多数人对这个名字并不熟悉，如果直译，则在舞台表演时可能会出现观众的文化缺省导致的意义真空，阻碍语言指称功能的实现。因此，在翻译时需具备跨文化思维，对这样的现象做一定的处理。否则，源语文本的人物对白、剧作家、读者和观众各方认为是不言而喻的文化背景知识，来自其他文化的接受者却会感觉到不知所云，即台词所输入的信号，激活不了接受者应激活的区域，因为无法与其长期记忆或者语义记忆（Matlin, 1989: 191）建立连贯关系。王东风（1997）教授指出对于文化缺省在翻译中的连贯重构可采取不同的方法，下面是其列举的最常用的三种：

A. 文外作注：即文内直译，有关文化缺省的说明则放在注释之中。
B. 文内明示：即文内意译，或者直译与意译相结合，不借助注释。
C. 归化：即用蕴含目标文化身份的表达方式取代蕴含出发文化身份的表达方式。

由于戏剧舞台表演受到高度的时空限制，显然 A 方法不合适，B 方法可行，这句话可译为："我好像是跟法国影星碧姬·芭铎一块儿到的"。但由于戏剧语言的多功能性，其不仅要行使指称功能，还需要满足其表情功能，那么这样的译法感染力不够。若采用 C 方法，直接换取一个能够激活中国观众记忆共识中的元素，效果则更佳，因此，译者决定采用玛莉莲·梦露这个中国读者熟知的形象来取代原文的碧姬·芭铎，把该段翻译为：

他：今晚你觉得很满足吧？
她：为啥满足？
他：瞧瞧你那个样子，活脱脱玛莉莲·梦露驾到的排场……所有人都往你身上凑，跟你打招呼，搂搂抱抱的。你自己都没发现？

2. 表情功能

表情功能反映了说话人的态度和情感，确定的是信息与发出者之间的关系。在戏剧文本当中，表情文本格外重要，因为它不仅体现了作者的意图，也是戏剧塑造人物性格最重要的手段，直接决定了人物角色是否能够生动，能否获得艺术的生命力，它反映了发话者的话语意图，即描述事物的某种状态，从而与受话者建立某种交际联系。仍以上文的台词为例，为了突出原文的表情功能，译文除了做了文化缺省的连贯重构处理之外，还加上了"活脱脱""驾到""排场"这样的字眼，旨在传递原文的信息之外，突出其表情功能，加强男主人公内心的嫉妒与不满，突出话语中的讽刺挖苦意味，促使人物内心情感迸发，并增强话语的评价功能，反映说话人的意图。又如第三幕中，男主人公看不惯女主人公家里的一幅画，觉得是"变态的""色情的"：

LUI: Però nuda, al centro di un quadro rosso, con questa faccia cattivissima, questi capelli che sembra Medusa, e tutte queste donne, come delle ninfe, molto sensuali che stanno ai suoi piedi.

LEI: Trovi?

LUI: Mmm... Non si capisce. La trovo una cosa morbosa, erotica direi.

LEI: Mah... io non l'ho mai guardato così.

他：这女人赤身裸体的，位于一幅鲜红色的画布中央，那张脸无比恶俗，跟狐狸精似的，脚底下还围了一圈蜘蛛精，卖弄风情。
她：你是这么看的？
他：是啊……看不懂，我觉得这是个很色情、很变态的东西。

她：这个……我还从没这么觉得过。

这段中，除了文化因素（见后文）之外，一些看似简单的词并不太好翻译，比如其中的"faccia cattivissima"，直译过来是"非常坏的脸"，这是一个非常典型的表情型文本，因此，考虑怎么把男主人公要表达的内心深处的情感表现出来很关键，该词的翻译一定要体现出男人心理上对画的厌恶。此处的"cattiva"不单单指与"好看"相对立的"难看"，而更多的应该是一种男人负面心理情绪的投射，他想借用这幅画里的女子形象对女主人公进行精神打压和否定，因此可以把它译为"恶俗"，既丑陋又低俗。当然，也可能还有其他贴切的词语，值得思考与分析。

3. 诉求功能

诉求功能不仅体现说话人的态度和情感，更重要的功能在于施加对接受者的影响，确定的是信息与接受者之间的关系。说话人越是想影响或改变对方的观点，诉求功能就越强烈。尤其是在此剧中，男主人公处处试图对女主人公实施情感操纵，其话语中体现诉求功能的广泛程度不亚于指称功能与表情功能，翻译中注重诉求功能的再现是表现戏剧冲突和张力的重点。诉求功能在每一幕中都有体现。

第一段：

在第一幕中，男主人公想去说服女主人公说话时要注意自己不经意间流出的小动作，是这么劝她的：

他：我是男人，知道男人是怎么想的，既然告诉你这个，你就得相信我。

她：那肯定，我信，我信。

第二段：

在第三幕中，男主人公看不惯女主人公家里的一幅画，希望女主人公把画扔了，经过一番审问，回到其意图的出发点：

他：（看着画）那这幅画怎么办？我们怎么处理？

她：这个……

他：你想留着它吗？

她：嗯，这幅画都跟我好多年了，至少十五年了。我没觉得它看起来不顺眼。

他：嗯，但是它展现了你轻浮的一面，我不喜欢。

她：不过就是一幅画而已。

他：是一幅画，没错儿，不过你把它扔掉或者烧掉的那一天，对你来说将会意义重大，说明你长大了。

她：你要是这么不喜欢的话……

他：我看着烦透了。

第三段：

在第四幕中，男主人公发现家里的一把椅子位置有所改变，抓住这个细节不放，对女主人公进行无休止的审问，最后他这样进行总结：

他：不是挪家具的问题。是你回答问题的方式，"我挪椅子是因为我不记得了"。无论在什么情况下，你都不可以回答说，我不记得了，可能是清洁工，是我，是你，是猫。这样是不对的。如果你想挪一把椅子，你要跟我讲出个道理来。我们坐下来聊聊，看看你为什么想去挪那把椅子。

她：（看着椅子）可是，亲爱的，说到底，这事有那么重要吗？

他：你认为这不重要。可是椅子不仅仅是一把椅子，椅子代表全部，可以是椅子，也可以是一只杯子、一棵树，或者隔壁男人。今天是一把椅子，可明天，就可能是一个人，一个男人。而我，需要了解你是否是一个靠得住的女人。

她：我以后会更小心的，亲爱的，你放心吧。

以上三段对白当中，诉求功能占主导地位，如何体现话语的诉求功能，对于塑造男主人公作为情感操纵者的人物形象至关重要，展现了男主人公通过各种手段剥夺女主人公自由选择的权利，无论是自己的身体，还是自己的一幅画，或者自己家里家具的摆放位置。带着操纵意图的诉求功能话语无论在怎样的言语包装下,都会体现祈使和命令的本质,微妙地操控着戏剧的情境。该剧中,男主人公无论在怎样的情景中都会试图说服或者战胜另一方,无论兜着怎样的圈子,绕了多大的弯儿,最终诉求功能占主导地位的对白往往是每一幕中戏剧高潮的标志。上面三段对白均以诉求功能为主导,但体现的方式不尽相同,他会选择"合适"的操纵方式来体现自己的诉求,达到自己的目的。

第一段对白中,男主人公话语的诉求功能通过表现自己的性别权威来压倒对方,他说"我是男人,知道男人是怎么想的",看似带给女性一种安全感,以取得对方的信任,而实际上是对女主人公施压,建立一种不平等的关系,从而达到自己的目的("既然告诉你这个,你就得相信我")。

第二段对白中,男主人公希望女主人公把画扔掉,但他没有直接地说明,诸如"你把画扔了吧"等等,体现了男主人公实施情感操纵的高超话术。如果直接采取命令,女主人公很可能会反抗,人在感觉自己没有选择的权利的时候往往会产生本能的反感,女主人公会想:凭什么扔,又不是你的画,我的画我想怎么处置就怎么处置⋯⋯,男主人公恰恰绕开了直接的命令,而是提了一个问题——"那这幅画怎么办?我们怎么处理?",这个时候,女主人公看似有选择的权利,如果回答"扔了吧",那么正中男主人公下怀,并且是她自己提出的,操纵一步到位;而女主人公这时表现出一丝犹豫和迟疑,回答道:"这个⋯⋯"此时,男主人公开始试探女主人公的真实想法,并且明确表示自己不喜欢这幅画,通过制造矛盾的方式来向女主人公施压,女主人公这时候还想再试着坚持自己的想法"不过就是一幅画而已",男主人公这时先肯定了对方的想法,"是一幅画,没错儿",接着他通过给对方"贴标签"的方式——"你把它扔掉或者烧掉的那一天,对你来说将会意义重大,说明你长大了",看似给女主人公的行动赋予了意义感,但却暗地里下了具体的指令"扔掉或者烧掉",这句话也表现出自己对于女主人公"成长"的关切,从而激发了女主人公内心自我成长的小火苗,于是,女主人公开始退让——"你要是这么不喜欢的话⋯⋯",男主人公看到女主人公开始有服从的倾向,赶紧补了一句"我看着烦透了",更加笃定了女性内心的"小火苗",一个能让伴侣高兴,能让自己成长的事情为什么不做呢?尽管她还是充满了疑惑,但是在男主人公高超的话术下,她已经深陷泥潭,不知道问题到底出在哪里,只能进一步走向情感的深渊。

第三段对白中,话语诉求功能的体现更加隐蔽,这里男主人公通过"煤气灯操纵法"在心理上操纵伴侣。明明就是一把椅子,不知道什么原因,位置稍微有些改变,一件普通得不能再普通的事件,男主人公却通过一些莫名的言论——"可是椅子不仅仅是一把椅子,椅子代表全部,可以是椅子,也可以是一只杯子、一棵树,或者隔壁男人。今天是一把椅子,可明天,就可能是一个人,一个男人",让女主人公不断对自己产生怀疑。此时,男主人公绕开了祈使或者命令的话语方式,诸如"你得为自己的行为负责""你应该言行靠谱",而是转而谈起自己的需求,"我需要了解你是否是一个靠得住的女人"。"我需要"这样的句式体现了自己对于女主人公的依赖,能够有力地博取女主人公的同情心,女主人公作为伴侣,当然希望能满足男主人公的需要,希望成就一段良好的关系;"你是否是一个靠得住的女人"则无形中给对方贴上一个积极正面的"人设标签",此时,作为一个人正常的心理反应,女主人公的本能反应不会是"我就靠不住,怎么啦?",而是会欣然接受这样一个积极正面的"标签",并通过言语和行动来证实自己的这个"标签"特质,于是女主人公欣然接受了"靠得住"这一标签,心悦诚服地回答"我以后会更小心的,亲爱的,你放心吧"。男主人公话语的诉求功能通过极为隐蔽的话语方式体现,非常耐人寻味,这一点也解释了为什么深陷情感操纵的女性很难意识到自己的问题所在,为何深陷操纵者的迷惑而无法自拔。该剧的对白充分体现了话语操纵的过程,也体现了该剧的社会意义,因此在翻译时,如何再现话语的诉求功能显得至关重要。

4. 寒暄功能

寒暄功能,亦称交际功能,体现了语言用来营造某种气氛或保持社会联系的作用,不是为了交流信息或者观点。以寒暄功能为主导的话语重于交流感情或者营造氛围,而非传递信息。它往往能显示说话人的态度,给听话人造成某种情绪的印象,不管该情绪是真还是假(田星,2007:14)。该剧中,几乎每一幕都有频繁的以寒暄功能为主导的对白,对于营造对话紧张的气氛、传递压抑的情绪起到非常关键的作用。

第一幕中,男女主人公刚从聚会上出来,就有以下一段对白:

他:劳驾,能麻烦你给我找个旅馆住吗?
她:为什么啊?
他:可以麻烦你告诉我一家旅馆吗?我不想在你家睡。
她:你这是要干什么呀?别这样,上车吧。
他:不了,我不上车。
她:干吗……我做错了什么……
他:不好意思,是这样,我现在很困,就想找个地方睡觉,成吗?
她:那为什么不去我那儿睡?昨晚你都来了……
他:那是昨晚。
她:可今天有什么不一样吗?
他:你怎么就转不过弯儿呢?
她:我真不明白,今晚挺不错的呀,我还以为你很开心……有什么不对劲的吗?

男主人公一开始便提出要找一个旅馆。很显然,其目的并不是真的想去找一个旅馆,而是借由表达自己不满的情绪,引起女主人公的关注,进而引出话题,开始对女主人公进行批评和指责。因此,这一段对白的主旨不是传递信息,而是要传递一种不满的情绪,翻译的时候就需要注意话语传递对情绪的表达。接下来,男主人公表示对女主人公没有在聚会上明确表明两人关系感到不满,一番指责之后,男主人公出其不意地话锋一转:

他:可以问你一个问题吗?
她:当然可以,你问吧。
他:算了,还是不问了。
她:为什么?
他:也许你会不想回答。
她:我当然会回答。

他：好吧，但你可能会想，这个人怎么这么多管闲事……

她：不，我不会多想的，你问吧，我都好奇了。

他：你喜欢摸你自己。

这一段体现了非常典型的以寒暄功能，或者说交际功能为主导的话语行为，"凡是旨在开通、维持或是结束交际途径的行为"都是这一功能的体现，"它可以在大量仪式化的客套语中表现出来，还可以在旨在延长交际的整个对话中表现出来"（田星，2007：14）。可以说，上面这段对白，没有实际的信息内容，目的是为了引出另一个话题，并营造一种好奇的气氛，为下文男主人公对女主人公较为私密的行为进行批判埋下伏笔，从而更好地达到其情感操纵的目的。在此剧中，有时候寒暄功能的对白会比较长，通过一来一回看似司空见惯的日常对话逐渐营造对话的气氛，为后文内容的传递起到良好的铺垫效果，如第八幕开场的对白：

他：亲爱的，你介意给我泡杯茶吗？

她：好呀，亲爱的，你等一下，我马上来。

他：能此时此刻就泡吗？

她：好的好的，亲爱的，我正在穿衣服，稍等，我在擦干……

他：得，这茶我不喝了。

她：别呀，我这就来。是你跟我说要把身体擦干，不然会手脚冰凉，这个对身体不好，那个对身体不好。妈的，我被毛巾缠住了……（跑着过来）你为什么又不想喝了？

他：首先请礼貌用语。说话干净点儿好吧？什么妈的、他妈的，不能用，好吧？！

她：你说的对，对不起。

他：再就是……你听到你自己的声音了吗？

她：什么时候？

他：你洗澡唱歌的时候，听到了吗？

她：怎么了，我唱歌有什么不好吗？

他：无聊。

128

第三部分 《尘》翻译研究

她：我以为你喜欢。

他：算了，不提了。还有语调，我们来讲讲语调的问题。

她：我语调有什么问题吗？

他："等一下，我正在穿衣服。"你知道我要是你我会怎么做吗？我会裸奔过来给你泡茶。

她：亲爱的，我说了我擦干身体就来的。我现在就去泡茶。

他：不想喝了。

她：为什么不想喝了？

他：就是不想喝了。你猜我现在去干吗？我去楼下酒吧点杯茶去！

她：别这样，有那个必要去楼下？我给你现泡，我们在家里喝。

他：不，我要去外面喝。

她：你想去外面喝？我们一起去外面喝茶？

他：不，我自己去。

她：干吗自己去啊？

他：看出来了，今天你根本不想和我一起喝茶。

她：怎么会呢？我们每天下午都一起喝茶。我们在家里喝吧，我马上就泡好，你要喝什么茶？绿茶还是白茶？对了，我们喝你从印度带回来的茶吧，那个特好喝。

他：嗯，反正我跟你是永远不会一起去印度的。

她：那为什么？你说过要带我去的。

他：你认为我会带一个这么对我说话的人去？"我过不来，等一下，我正在穿衣服"，我真没法带你去。

她：为什么？

他：因为你不爱我。

她：亲爱的，爱和茶有什么关系？

他：不是茶的问题。是我们感情出了问题。我们总是为感情吵架。

她：感情怎么了？

他：感情是所有一切的基础。在我之前你到底有过多少男人？

可以看出，在这一段中，对白双方没有探讨实质的内容，而是男主人公故意找碴儿，是一段寒暄功能占主导的话语。男主人公故意在女主人公正在洗澡的时候要求女主人公泡茶，女主人公稍微晚过来片刻他就开始耍性子："得，这茶我不喝了""无聊""就是不想喝了。你猜我现在去干吗？我去楼下酒吧点杯茶去！"最后，他得出女主人公不爱他的结论，进而才露出他的实际意图："在我之前你到底有过多少男人？"再来看看女主人公，很显然，女主人公没有理解这是男主人公故意制造情绪的伎俩，她一直在认真地回答男主人公的问题，她以为是男主人公的诉求，于是想方设法地满足对方，很显然，最后根本达不到目的，因为醉翁之意不在酒，男主人公的诉求根本就不是"茶"的问题。这一段中男主人公的态度是专横无理的，而女主人公的态度则是殷切天真的，因此，在翻译的时候，需要处理好二者之间的差别，以更好地传达情绪以及表现双方内心的差异。对于男主人公的话语，翻译为"就是不想喝了""你根本不想和我一起喝茶""在我之前你到底有过多少男人"，通过使用"就是""根本""到底"等副词来表现男主人公专横的态度；而女主人公的话语，把原本直译为"别这样，我马上来""你怎么又不想喝了？""我唱歌有什么不对吗？""我语调怎么了？""干吗不想喝了？"等的句子稍做了调整，改为"别呀，我这就来""你为什么又不想喝了""我唱歌有什么不好吗？""我语调有什么问题吗？""为什么不想喝了？"以弱化女主人公话语的强度，体现其苦口婆心的内心世界，旨在更好地展现两人性格的差距与对比。

5. 元语言功能

交际的双方不仅要保持交际渠道顺畅，还需要检查他们是否运用了同样的代码。这时，焦点就转移到代码本身，也就是语言本身，起作用的是元语言功能。元语言功能就是对语言本身做注解的功能，它关注语言本身的运用，阐明语言代码使用的方式，比如谈论语言的正确理解方法等。比如在第一幕中，接着上面寒暄功能篇章中提到的男主人公以找旅馆为由表达不满的对白之后，接下来的对白如下：

她：可今天有什么不一样吗？

他：你怎么就转不过弯儿呢？

她：我真不明白，今晚挺不错的呀，我还以为你很开心……有什么不对劲的吗?

他: 你太干了。(原文: Sei troppo asciutta.)

她: 什么叫太干了? 是我太干瘪、干瘦,还是……(原文: Come asciutta? Sono troppo secca, magra, che...?)

他: 那倒不是,你是一个感情干枯的女人。(原文: No no, sei una donna asciutta di sentimenti.)

她: 为什么这么说呢,是我忽略了什么吗? 要是我做错了什么,真的很抱歉,我不是故意的……

上述对话中,双方对于"asciutta"这个词的意义的探讨便是元语言功能的体现。之所以有这样的探讨,是因为这个词有不同的含义,既可以指一个人外形上很瘦、很单薄,又可以指情感方面的贫乏。通常来说,对于元语言功能话语的翻译毋庸置疑是难点,取决于目的语词汇当中是否也有对等的多义词,因此,翻译时把该词翻译为汉语的"干"字,既有干瘦,也有干枯等意思,从该剧的话语情景中,双重含义的关键在于一层意思是生理上的,另一层含义则是非生理因素的体现。从这个角度来看,译法并不是唯一的,也是翻译中创造性与趣味性的体现。对于汉语这一博大精深的语言来说,找到多义词并非难事,除了"干"字,还有别的词也可以纳入考虑范围,比如"淡"字,或者"薄"字,均可以做一定尝试,那么这一段也可尝试翻译为:

他: 你太淡了。

她: 太淡了是什么意思? 你是说我妆太淡了、太平淡了还是什么?

他: 那倒不是,我觉得你是个感情淡漠的女人。

他: 你太薄了。

她: 什么叫太薄了? 是我太单薄了、太瘦了还是什么?

他: 那倒不是,你是一个人情味淡薄的女人。

最终的译文没有选择这样的译法,是因为"薄"在此文本中涉及两种读音,可能会在舞台表演中造成一定的干扰。《现代汉语词典》第7

版对这两个读音的解释是这样的：

薄 báo 形 ❶ 扁平物上下两面之间的距离小（跟"厚"相对，下②③⑤同）：～板｜～被｜～片｜这种纸很～。❷（感情）冷淡；不深：待他的情分不～。❸（味道）不浓；淡：酒味很～。❹（土地）不肥沃：这儿地～，产量不高。❺（家产）少；不富有：家底儿～。

薄¹ bó ❶ 薄（báo）①；～雾｜如履～冰。❷ 轻微；少：～技｜广种～收。❸ 不强健；不壮实：～弱｜单～。❹ 不厚道；不庄重：～待｜刻～｜轻～。❺（土地）不肥沃：～地｜～田。❻（味道）不浓；淡：～酒。❼ 看不起；轻视；慢待：菲～｜鄙～｜厚今～古。❽（Bó）名姓。

薄² bó 〈书〉迫近；靠近：～海｜日～西山。

在"淡薄 dànbó"这个词条中，有这样的解释：1.（云雾等）密度小：浓雾渐渐地淡薄了。2.（味道）不浓：酒味淡薄。3.（感情、兴趣等）不浓厚：人情淡薄｜他对象棋的兴趣逐渐淡薄。4.（印象）因淡忘而模糊：时间隔得太久，印象非常淡薄了。

báo 和 bó 在很多的情况下都是可以互用的。其近义项的区别可以表述如下：独立成词的时候读 báo，比如，纸很薄；在成为合成词的时候，口语化的合成词读 báo，比如《荷塘月色》中"薄薄的青雾浮起在荷塘里"中的"薄薄"读"báo"，书面语化的合成词和成语读 bó，比如薄（bó）雾。

有时候文本的主要功能不一定是元功能的体现，但出于语言本身的特点与功能，包括语法形式和词汇形式方面的差异，却会成为隐含的翻译的障碍。雅各布森指出，"通常在代码单位之间不存在完全对等"，"用一种语言替代另一种语言的信息，不是替代独立的代码单位，而是替代完整的讯息"（Jakobson, 1959/2004: 139）。因此，要实现源语和目标语的信息对等，代码单元就应该是不一样的，因为他们属于两个不同的语言符号系统。在雅各布森看来，跨语言差异是对等概念的基础，其核心问题是语言带有强制性的语法形式和词汇形式："语言的本质差异在于它们必须传达什么，而不在于它们可能传达什么。"（Jakobson,

1959/2004：141）比如，意大利语中的名词是分阴阳性的，名字的构成也分阴阳性，也就是说，人们可以立刻从名字辨别出人物性别，而中文却没有这样的特征，这些语言本身的特点却会给翻译带来不小的挑战，比如该剧第三幕开头的一段：

LUI: Chi l'ha fatto questo quadro?
LEI: L'ha fatto una mia amica d'infanzia.
LUI: E come si chiama?
LEI: Claudia.
LUI: Claudia... È firmato?
LEI: Sì.
Lui si avvicina al quadro.
LUI: Hm, Claudia. Ti piace, questo quadro?

如果直译过来，翻译如下：

他：这幅画是谁画的？
她：我一个发小画的。
他：她叫什么名字？
她：克劳迪娅。
他：克劳迪娅……画上有她的签名吗？
她：有。

他凑近瞧了瞧。

他：嗯，克劳迪娅。这幅画，你喜欢？

这么翻译，在戏剧表演的时候，便会产生一个问题：男主人公问"画上有她的签名吗？"这句话显得意图不明，观众不知道男主人公为什么要问这个，而且跟前后文的语境不搭。这段话的内涵便涉及语言的元功能在表意时所起的作用。由于意大利语分阴阳性，所以当男主人公问起："Chi l'ha fatto questo quadro?（这幅画是谁画的？）"，女主人公的回答是："L'ha fatto una mia amica d'infanzia"，这里的"amica"是阴性名词，一听便知是一个女性朋友，但如果翻译成中文，无论是"儿时伙伴"还是"发小"都无法体现性别的差异。可能在其他文本中这一差异不会造成意义连贯的问题，然而在该剧的语境中却成为情节发展的关键。从女主人公的回答"una mia amica d'infanzia（童年时期的一位女性朋友）"，男主人公便马上能得知是一位女性，但他仍然不善罢甘休，进一步"审问"作画的人具体叫什么名字，女主人公的回答是"Claudia"，这里又涉及意大利语的语言特征，绝大多数的以"a"结尾的人名为女名，所以一听就知道是一个女名，然而翻译成中文"克劳迪娅"，如果看汉字，也可以得知性别，但如果是通过舞台表演，则无法通过发音来断定其性别。男主人公听到的确实是一个女名，但他还不作罢，继续问："画上有她的签名吗"，问这句话的用意在于想进一步核实女主人公是否说了真话，因此，才有后面的动作"他凑近瞧了瞧"，确认之后说道："Hm，Claudia（嗯，克劳迪娅）"，至此完成了一轮审讯般的问答。这里，语言的元功能起到了至关重要的作用，只有传达出这层意思，才能体会到男主人公咄咄逼人的审讯犯人一样的话语机制与心理特征。这个例子展现了语言间的差异，但不代表着话语所表述的概念在跨语言交际时无法表达，按照雅各布森的说法，"一切都可以在任何活着的语言中得到表达"，而是有时候如果字对字、词对词地翻译代码单元，无法实现的语言意义的对等，需要"创造性转换"（Jakobson，1959/2004：143），因为在这个例子中，词汇的阴阳性也成为语义的一部分。翻译时译者选择加入"女字旁的娅"来解决这个由语言词汇形式的强制性特征带来的问题。当然，这不是唯一的解决方案，但不管怎样，可译性问题成为一个关于程度和充分性的问题（Hermans，1999：301）。最后的翻译调整为如下，以解决在戏剧表演中，无法通过听觉断定性别的问题，尽可能地还原男主人公审讯式的话语特征：

他：这幅画是谁画的？
她：我一个儿时闺蜜画的。

他：叫什么名字？

她：克劳迪娅。

他：克劳迪娅……<u>女字旁的娅？</u>

她：是的。

他：画上有她的签名吗？

她：有。

他凑近瞧了瞧。

他：嗯，克劳迪娅。这幅画，你喜欢？

6. 诗学功能

当信息的焦点集中在语言符号自身时，体现为语言的诗学功能。最能体现诗学功能的莫过于诗歌，诗歌从语音到词汇到句法等各个语言层面上的对等要素的组合构成了诗歌的特殊结构。然而，诗学功能不局限于诗歌，在戏剧文学中，戏剧语言的诗学功能指信息与其本身的关系，亦即语言的审美机制，通常跟创造性地使用语言有关。一般情况下，戏剧的诗学功能少见于角色之间的内部交流系统，多用于外在的交流系统，主要是为了激起观众的共鸣。

第一，从对内的交流系统角度来看，本剧的对白基本上是日常语言的再现，日常语言中一般不存在诗学功能，因为信息的发送就是自动指向客观对象的，语言发挥的主要功能是指称功能，或者称为"信息功能"（Leech，1974/1981：47）、"概念功能"（Halliday，2004：603）。但以文学性为主的语言艺术中，雅各布森认为，诗学功能才是"主导的、决定性的功能"（Jakobson，1960：356）。因此，在翻译戏剧文本时，哪怕看上去是日常生活对话的再现，也一定要进一步挖掘其诗学功能。我们在该剧一幕幕平实的日常对话中能体会到强烈的张力与紧迫感，这便是戏剧语言诗学功能的体现。在男主人公审问女主人公的多处对白中表现得尤为明显。例如在第五幕中，男主人公问到几天以前女主人公和一个朋友在路上偶遇的情节，本来应该是一次正常的朋友见面打招呼，而男主人公却纠缠不放，对于女主人公如何打招呼，如何握手，当时说了什么、想了什么进行病态的"解剖"式提问：

LUI: Cioè vi siete dati la mano e vi siete baciati... Così?

LEI: Sì, esatto.

LUI: **Ma** lui la mano te l'ha tenuta molto o poco?

LEI: **Ma** non lo so... quello che è normale quando due si salutano...

LUI: **Ma** è stato un saluto veloce?

LEI: Sì, un saluto veloce.

LUI: E quando l'hai visto cosa hai pensato?

LEI: Cos'ho pensato? **Mah**, caspita, Marco, da quanto tempo...

LUI: **Ma** hai pensato che lo volevi salutare?

LEI: **Ma** non lo so, se ho pensato... Cioè il tempo di pensare e lui era già di fronte a me e ci siamo salutati, non ho pensato ora lo saluto non lo saluto.

LUI: Ed eri contenta di vederlo?

LEI: **Mah**...

LUI: Secondo te tu eri contenta di vederlo?

LEI: **Mah**, normalmente contenta, cioè... buh... curiosa che non lo vedevo da tanto, quindi che fai, che non fai, che hai fatto, che fine hai fatto?

LUI: E lui di vederti?

LEI: **Mah**, si, mi sembrava... normalmente, come due che si salutano.

LUI: E dopo che vi siete salutati, che vi siete detti, che vi sentite?

LEI: **Ma** non ci ho manco il numero io di Marco.

这种借助话语标记"ma"的集中使用造成的对话内在的紧张感在剧本中随处可见。密集使用大量的话语标记，造成紧张的对话气氛和紧迫的节奏感，体现了戏剧语言独有的诗学功能。而在翻译中如何再现语言的诗学功能是继元语言功能再现之后的另一个难点，也是最容易被忽略的地方。上面的对白看上去是日常的语言交际，尽管语言最主要的功能是指称功能，然而在戏剧文学语言中，仅仅关注语言的指称功能，把意义翻译出来是不够的，需要格外关注其诗学功能，"这一功能定位对于文学翻译来说极具启示和警醒意义"（王东风，2021：92）。王东风指出，纵观林林总总的文学翻译作品，广大文学翻译者似乎并没有对诗学功能有这样的觉悟，有两个值得关注的现象：（1）当诗学功能与所指功能发生摩擦时，通常的做法是让诗学功能让位于指称功能，这种诗学功能亏损的现象甚至在一些文学作品中大面积出现；（2）原文中很多具有文学性的表达方式，虽与所指功能发生了摩擦，在翻译中保留其诗学功能并非没有可能，但最终没有得到应有的体现，这很可能是由于原文的文学性没有得到识别而被忽略了。从诗学的角度看，这样的翻译会直接损害文学作品的风格定位和艺术价值。究其原因，这与译者的"诗学能力"密切相关。就文学翻译而言，诗学能力主要体现在两个方面：一是诗学识别能力，一是诗学表达能力。前者是指能准确识别原文文学性的理解能力；后者指的是能准确体现原文文学性的表达能力（王东风，2021：92）。因此，指向诗学功能的戏剧语言的翻译首先要对文本的文学性进行识别，如本段中大量使用话语标记"ma"给文本带来的节奏感、紧迫感与内爆张力；其次便是要在译入语中寻找能够体现这种文学性的恰当表达。本段对白翻译的难点在于，意大利语和汉语属于两个完全不同的语言符号系统，有着各自不同的话语标记代码，"通常在代码单位之间不存在完全对等"（Jakobson，1959/2004：139），因此，同时实现从语音到语义等方面的等值就更加困难，因为这里的等值是诗学功能的等值。尽管雅各布森认为"一切都可以在任何活着的语言中得到表达"，但诗学功能的翻译"不可译"，需要"创造性转换"，因为诗学功能的体现是形式和意义的结合（Jakobson，1959/2004：143）。

以上面这段对白为例，如果没有注意到话语标记所行使的诗学功能，按照指称功能来翻译的话，可以翻译为下文：

他：也就是说你们既握手也亲吻了……像这样？
她：是的，就这样。
他：他跟你握手时握得紧吗？

她：没太注意……就是两个人正常打招呼的那种……

他：快吗？

她：嗯，很快的。

他：你看到他的时候想了些什么？

她：想了些什么？这个，哎呀，马可呀，这都多长时间没见了……

他：你当时想跟他打招呼吗？

她：我不知道当时想了没有……他就在我面前，我们就打了个招呼，我没去想跟不跟他打招呼之类的事情。

他：你遇到他很开心吧？

她：那倒没有……

他：那你觉得你见到他开心吗？

她：这个怎么说呢，就是那种正常的高兴，就是……我也不知道……有点儿好奇，真的好长时间没见了，所以就随便聊了一小会儿，你最近在忙什么，以前干吗了，后来怎么样了之类的。

他：他看到你开心吗？

她：不清楚，也许吧，我感觉……就是正常的两个人打招呼。

他：你们打完招呼有说再见面吗？

她：我连马可的号码都没有。

这样的翻译从内容上看，秉承了忠实、通顺的原则，但似乎没了原文所表现出的力度与紧张感。原文中，男女主人公都频繁地使用话语标记"ma"，穿插在一问一答中，让观众感受到男主人公咄咄逼人的架势和女主人公惶惶不知所措的无奈，是节奏感和文本内在力度的诗学功能的体现。这一诗学功能则是通过使用同一话语标记传达的，在翻译时如没有关注到这一点，则会减弱文本的节奏感与表现力度，因此，翻译时应该根据男女双方的心理差异来体现戏剧语言的诗学功能。比如按照下列方式修改译文：

他：也就是说你们既握手也亲吻了……像这样？

她：是的，就这样。

他：**那**他握你手握得紧吗？

她：**这个**没太注意……就是两个人正常打招呼的那种……

他：**那**你们聊了很久吗？

她：没有，就聊了几句。

他：**那**你看到他的时候想了些什么？

她：想了些什么？**这个**，哎呀，马可呀，这都多长时间没见了……

他：**那**你当时想跟他打招呼吗？

她：**这个**我不知道，想了还是没想……他就在我面前了，我们就打了个招呼，我没去想跟不跟他打招呼之类的事情。

他：**那**你遇到他很开心吧？

她：**这个**倒没有……

他：**那**你觉得你见到他开心吗？

她：**这个**怎么说呢，就是那种正常的高兴，就是……我也不知道……有点儿好奇，真的好长时间没见了，所以就随便聊了一小会儿，你最近在忙什么，以前干吗了，后来怎么样了之类的。

他：**那**他看到你开心吗？

她：不清楚，也许吧，我感觉……就是正常的两个人打招呼。

他：你们打完招呼有说再见面吗？

她：我连马可的号码都没有。

在翻译这段对白的时候，没有把原文中的"ma""mah"等统一翻译，而是做了男女主人公话语的区分，男主人公话语中的"ma"翻译为"那"，而没有翻译成"那个"，单音节词显得更加短促有力，突出表现他急迫而咄咄逼人的审讯态度与强势的性格；女主人公话语中的"ma"则翻译为"这个"，双音节词表现思虑的延长，突出体现女主人公不知所措的迷茫以及顺从的性格特征。

第二，从对外的交流系统角度来看，该剧绝大部分对白集中于男女主人公之间的日常交流，随着男主人公对女主人公的语言暴力与情感操纵不断升级，施虐愈演愈烈，而与之伴随的是女主人公自我意识的觉醒，表现出巨大的外在冲突：

LEI: Perché noi passiamo le ore a parlare di me, del mio passato, e poi ricominciamo, tu chiedi, io rispondo, ore e ore, **sempre le stesse** cose, **sempre le stesse**, **sempre le stesse**...

[...]

LUI: Ti prego **non fare così**, ti prego **non fare così**, **non fare così**... **basta, basta, basta**... (*Va da lei, la solleva un po' da terra e la prende in braccio*) ssshhhh, ssshhh...

词句的重复往往起到加强节奏、音律，强化感叹的作用，并在读者中产生共鸣。这里，男女主人公的台词都有重复的特点，女主人公的台词重复，体现了她后期开始在意识上有所觉醒，不再像以前一样，不断地道歉与自责，而是一针见血地指出男主人公的变态行为：

她：因为我们成天都在说我，我的过去，说了一遍又一遍，你问，我答，没完没了，翻过来倒过去就那些事儿，没完没了，没完没了……

这里，重复的话语表现出女主人公极度的无奈与厌烦，已经接近忍耐的极限。而男主人公并没有觉察到，依旧不依不饶地指责，直到女主人公开始出现生理上的不适，逐渐进入惊厥状态，呼吸急促，脸色大变，男主人公才感到事情不妙。重复的修辞手法表现了他惊恐万分，不知所措，想挽回一切的心理状态：

他：我求你别这样，我求求你别这样，别这样，别这样……够了，行了，好了……（跑到她身边，把她从地上扶起搂在怀里）呜呜，呜呜……

这里，重复造就的特定的语义价值显得格外重要，并且在句段的长度上也很讲究，从"ti prego di non fare così"到"non fare così"，再到"basta"，句段越来越短，是男主人公见到女主人公惊厥之后心里越来越虚的外在语言体现，因此在翻译的时候需要如实地反映出来，保留原文重复而积累的语义和诗学价值，从而译为"我求你别这样""别这样""够了"等；此外，男主人公的心里越来越没底，越来越虚的外在表现还体现在语气上，语气上也应由强渐弱，因此，在第二次重复"ti prego di non fare così"时，翻译时把第一次出现的"我求你别这样"译为"我求求你别这样"，以体现语气的减弱；后面连续三次"basta, basta, basta...", 翻译成"够了，行了，好了……"，在保留同等句式结构与节奏的同时，体现语气的逐渐削弱，为后文他开始劝服与央求女主人公做一个过渡。

第三，从整体戏剧语言与非语言要素来看，重复是该剧作家的主要创作风格之一，是非常重要的诗学功能的体现。这里的重复不限于在某一幕对白中的话语重复。重复贯穿于整部剧，主要是衬托男主人公令人无法喘息的执念与纠缠不清，男主人公的语言暴力弥漫开来，让人窒息。除了对于单个词语或者句式的重复，该剧中的场景重复也是独具特色的方面。如何表现两性关系的侵蚀与恶化，作者没有选择在舞台上表现身体暴力或者凶杀事件（除了两个场景，如男主人公给了女主人公一记耳光），在结局的安排上也选择了开放式结尾，作者着力用不断复制的舞台场景和人物台词来表现人物关系的恶化。这些台词贯穿全文，反复出现，如"坐下""我们来聊聊""沏壶茶好好聊聊""我们再从头捋一遍"等等，直到最后一刻落幕。舞台上光起光落，来来回回，反反复复，作者试图拆解男女主人公相处的行为，像是放在试管中观察一样，从而探寻病态的根源，找寻病态心智扎根的土壤。场景的重复开启仿佛是客观的镜头摄像，导演让观众看到一幕幕他们不想看到的场景，这场景是如此客观、冷静，没有布景美化，只有一幕幕重复度很高的极简场景，可以说是戏剧艺术中非语言要素的诗学功能体现。

从对内交流系统到对外交流系统，从语言到场景，从局部到整体，可以说，戏剧的诗学功能是语言与非语言要素在作品中的具体体现，而正是由这些局部诗学功能的体现总和造就了一部作品特有的诗学价值，或者艺术价值。从这个角度看，戏剧作品的翻译只有在局部保留了原文的诗学性，最终才能积累成整体的风格效应，才能体现原文的风格。当然，诗学翻译旨在追求对原文诗学功能的呈现，这是一种带有唯美主义的翻译追求，无论最终译文是否能够达到这样的目标，都是文学翻译所要追寻的重要内涵。

第二节 《尘》的非语言符号与翻译

戏剧作为一种表演艺术，不是只传达语言，而是许多种符号系统交汇，发出"密集的符号"（Barthes，1967：262），"戏剧语言表达是一个符号结构，不仅由语言符号组成，而且还有其他的符号"（Matejka，1976：41）。对于戏剧话语的界定，有学者指出，话语"不仅依赖于言语特征，同时还取决于特定语境内的非言语特征"（Schweda，1987：194-205）。因此，非语言符号的翻译是决定戏剧翻译成败最关键的因素之一。翻译需要考虑的重要因素中，除了语言符号以外，还有副语言因素、互文性因素、超语言因素等非语言符号因素（Nasi，2015：131）。这些符号系统能产生的信息和作用，同舞台剧本的表演性密切相关。如手势、空间关系、动作与表情等，包括身体的位置与运动、眼神的方向、姿势、面部表情等，还包括语调、音量、语势、音域、音强、音质、节奏、停顿、重音等等。其中，韵律又是一个不可或缺的关键因素，韵律的改变将会造成词句在语义—语用方面的变化，听话人能很清晰地辨认这些变化。"非语言成分构成了戏剧文本的真正特征；必须要辨别这些特征并翻译到目的语文本，但不能逐字逐句地翻译。"（El-Shiyab，1997：212）

一、副语言符号与翻译

"副语言"又称类语言或者伴随语言，指在语言交际中，一些可以适用于不同语言情景中的语音修饰成分自成系统，伴随正常交际的语言而使用的语言（Trager，1958：13-14）。戏剧的副语言符号分为两类。第一类是有声而无固定语义的语言，包括口头语，属于话语标记范畴。话语标记的语义并不固定，具有高度语境化的特征，比如"天哪"，可表达惊讶、惊喜、惋惜等多种意思，是有声而无固定意义的，其内涵包括音量、音质、音速、语调等。《尘》这部作品大部分篇幅以对白的形式出现，因此它具有一般话剧语言的普遍特征，即具有话轮特征，带有目的性，如解释、讨论、提问、叙事、劝说等。说话人声音中的音调和音高等都能体现这些目的和变化。第二类是沉默、停顿等，这些也是戏剧的副语言符号，尽管其音量值为零，但在戏剧表情达意中各有作用，是副语言符号的特例。在戏剧交流系统中，副语言符号虽然没有固定的语义，但其所含语义十分丰富。也正因为戏剧副语言符号的语义缺乏固定性，所以在戏剧翻译中，如何判断和再现剧中人物的副语言符号所包含的意义，就显得格外重要。

（一）有声而无固定语义的语音替代符号以及翻译

语音替代符号是指能够表达特殊意义的副语言符号。以叹词为例，叹词是特殊的词类，形式上是单词，而句法上表现为句子。它们在句法上是自治的，在语调和语义上是完整的。在语音层面上，一些叹词表示出"异常的"语音模式。发声时用重读音，语调变化隐含意义的变化。在形态层面上，叹词通常保持形态不变。在句法层面上，叹词自成单位，是独立分布的表示强调的词汇，它不具备句子的结构特征，但可以被看作非典型句子，是等同于句子的表达，是高度规约化的套语，在相当标准化的交际场合使用（Baker, 1992: 63）。在语篇层面上，叹词编码了语用含义，而它们所谓的词汇意义较弱。严格说来，叹词没有所指内容，受语境制约，必须参照它们使用的语境来理解（Cuenca, 2000: 332）。从功能上来说，叹词可用来引起听话人注意、保持话轮、继续话轮、转折过渡、自我修正，标示反馈、搪塞、咒骂或不赞成的态度等。萨丕尔指出，叹词是"充分、复杂的语言结构的边饰"（Sapir, 1970: 7），叹词含义丰富，表现力强，能反映说话人的情绪心理。尤其是在表演性文本当中，叹词能够与语调、音高和面部表情等信号一起勾勒出话语的基调，传达话语的信息。恰当使用叹词，有助于形成自然流畅的谈话，为后面的话语起到明示作用。

不同语言系统中的叹词既有共通性，也有独特性，成为翻译的挑战。在翻译过程中，译者既要了解源语与目标语体系的普遍规律，又要识别各语言各自独有的特征，才能传达原文的意思。不能拘泥于原文形式，忽略交际语境，减损或者曲解原话语的语用内涵。

本文中叹词的翻译，最常用的处理手段之一是直接译成目标语中的叹词。这取决于叹词的由来，作为人对外界刺激的即时反应，叹词一般采用简便的发音方式，人们用声音来表示各种情绪，把这些声音固定成词，成为叹词。在这一点上，人类在情不自禁的情况下表达情感的方式基本相同，因此不同的语言系统在这一点上有共通之处，因此将意大利语叹词处理成发音类似或者表达类似情感的汉语叹词常常成为最直接、最贴切的翻译手段。以"ah"为例，下面来看看几个译例：

例一：

LUI: Hai spostato la sedia?

LEI: Ah, si, ho spostato la sedia l'altro giorno.

LUI: E perché hai spostato la sedia?

他：你挪椅子了吗？

她：啊，是啊，我前天挪了一下。

他：你干吗挪椅子呢？

例二：

LUI: Vi siete incontrati e salutati, no?

LEI: Certo.

LUI: Come?

LEI: Ah, come? Ciao, ciao...

他：你们在路上遇到了，还打了招呼，对吧？

她：是的。

他：怎么打的招呼？

她：啊，怎么打的？就是平常的贴面礼呀，你好，再见……

例三：

LEI: Mi voleva bene.

LUI: (*Colpito*) Ah sì, ti voleva bene. Allora immagino a lui quante volte gli hai detto ti amo.

LEI: (*Silenzio*)

LUI: (*Ripensandoci*) Quante volte gli hai detto ti amo?

LEI: (*Silenzio*)

LUI: Rispondi?

LEI: Ma tre, quattro.

LUI: Ah, non una come avevi detto. Vedi? Dai sempre risposte diverse. Ogni volta che parliamo dai sempre risposte diverse. Vedi che non sei credibile?

她：他当时很喜欢我。

他：（吃惊）哦，是吗，他喜欢你。那我都能想象得出来你对他说过多少遍"我爱你"。

她：（沉默）

他：（沉思中）说，你对他到底说过多少遍"我爱你"？

她：（沉默）

他：说话啊？

她：也就三四次。

他：啊？你以前可是说只说过一次。看到了吗？你的回答总是前后不一。每次我们谈到这个问题，你的回答都不一样。看看，你就是靠不住！

例四：

LUI: Quando gli ho chiesto se ti conosceva mi ha detto ah, si, l'ex di Ivan Donato.

LEI: Non sono la sua ex, non siamo mai stati insieme.

LUI: Ahhh, quindi lo conosci.

LEI: Non te l'ho detto perché non c'era niente da dire. Era solo un amico.

145

他：我问他认不认识你，他说认识啊，伊万·多纳托的前女友。

她：我不是他前女友，我们从来没有在一起过。

他：啊哈，所以你认识他？

她：我没跟你说是因为没什么好说的。只是一个普通朋友。

这几个例子中，"ah"既出现在男主人公对白中，也出现在女主人公对白中，但其承载的意义是截然不同的，因此在翻译中对应的叹词也会有所不同。

值得注意的是，文字版的剧本，无论是源语文本还是译语文本都无法展现语音方面的区别，但这不代表着音高和响度方面的变化不存在。在戏剧表演中，声音响度、音高、音量和音速的变化以及对发音器官加以控制而产生的特殊语音效果不容忽视，戏剧话语的意义会随着语调、语气、音高、音量、音速等方面的变化而产生变化。

例一和例二中，女主人公话语中出现的"ah"，主要出现在男主人公出其不意的问题之后的一个最初反应。说话人感到对方话轮的信息出乎意料，作为一个反馈信号，也是一个缓和用语，表示说话人在选择下一句该说什么，翻译成汉语叹词"啊"，此时的"啊"读成四声，表示应诺（音较短），语调偏低，作为一种回应方式，合作推进会话的需要，避免冷场。而男主人公话语中的"ah"，往往是他有意设计的圈套，等女主人公在不知觉的情况下跳入圈套时，他用叹词故意表示吃惊或者愤怒的情绪，目的在于为之后的指责埋下铺垫，因此在中文翻译时也做了相应调整。

例三中，女主人公坦白前男友很爱她，男主人公在回应话轮中的话语"ah sì"，弥漫着嫉妒、怀疑、愤怒等多种情绪，翻译时，把"ah"翻译成"哦"，读二声，表示疑问、惊奇，"sì"则翻译成"是吗"，这里的"吗"需要用降调并且用甚低语调来读，表达特定的情感语气，在看似平静低沉的语调下，极大的愤怒和嫉妒情绪迅速积压。紧接着，男主人公重复女主人公的话语"他喜欢你"，带有明显的讽刺与不满。之后，在男主人公步步紧逼的"拷问"下，女主人公迫于压力只好坦白前男友对自己表白的次数，这时，男主人公抓住蛛丝马迹，说女主人公骗人，跟之前的回答前后不一致。这时，他用的叹词"ah"同样弥漫着多种情绪，虽然在文字上翻译成"啊"，但此时的"啊"应该读成曲调，曲调常表达委婉、不满等语气（徐晶凝，2000：137），并读成从二声过渡到四声（音较长），体现男主人公的不满口吻从疑问到惊讶的过渡，他要让女主人公明白他发现了女主人公话语中的破绽，为进一步指责她打下埋伏。

例四中，男主人公问女主人公认不认识伊万·多纳托，女主人公否认，接着，男主人公设了一个圈套，表示有第三方说她是伊万·多纳托的前女友，这时女主人公顺着男主人公的话回答说自己不是他的前女友，没有在一起待过，这个回答正中男主人公下怀，于是他惊呼原来你认识她。这里的叹词"ahhh"表现出揭穿秘密时惊讶、兴奋的情绪，翻译成"啊哈"，"啊"应读成低语调，而"哈"则应当读成四声，高语调，高音量，形成反差，夹杂着反驳、不满、嘲讽、指责、抱怨、挑衅等多种情感态度，是一种"示态行为"（徐晶凝，2021：16），从而更好地说出自己真实的探测目的："所以你认识他"。

（二）以沉默与停顿为代表的语音分隔符号及其翻译

越来越多的译者与研究者意识到，源语文本和译语文本的节奏和韵律的对等，是优秀译文必不可少的。"我们需要考虑译文的形式，尤其是节奏和持续的时间，因为舞台话语的持续时间是其意义的一部分。"（Pavis，1992：143）副语言中的节奏和韵律，由于沉默或者犹豫而有意识地长时间停顿，被称为语音分隔符号，它们在交际中与其他语言符号与非语言符号一样具有丰富的意义，对于构建语境起着至关重要的作用。戏剧对白中的停顿与沉默是重要的艺术表现手法。该剧中出现了多次停顿与沉默，作者会采用省略号或者文字来表示对话中出现的停顿或者沉默，男女对白中的沉默和停顿很耐人寻味，恰到好处的停顿与沉默能产生惊人的效果。《尘》中出现的停顿或者沉默在双方的对话中都出现过，然而烘托出的气氛却迥然不同。女主人公的沉默体现出她在男主人公步步紧逼的追问下被迫无奈、无所适从的状态，充满卑微和尴尬。沉默和停顿也会偶尔出现在男主人公的表现中，并且以高频持续的方式出现，如该剧中男主人公听女主人公坦白自己在罗马被强暴的心酸往事时，很长一段时间之内一言不发，只有沉默：

他：现在该轮到你讲了。

她：（沉默）

他：说嘛，我很好奇……

她：（沉默）

他：从重要的开始说……

她：（沉默）

他：或者从最美好的事情开始……

她：嗯……

他：说呀。

她：这件事发生在罗马，一个晚上，当时我父亲去世不久，我还在悲痛之中。

他：（沉默）

她：当时我在一个朋友家。我们有一段时间没见了，于是聊到很晚。她知道我跟我父亲感情很好，所以就问了问我父亲去世以后的情况，以及我的生活状况。然后她跟我讲了她的问题，工作和感情的问题，反正就是这些。那时已经很晚了，第二天她还要上班，于是就没有再讲下去，睡觉去了。可我却翻来覆去怎么也睡不着，脑子里一直是我父亲的影子，我失眠了，还哭了。那段时间我还有焦虑症……

他：（沉默）

她：最后，我实在躺不下去了。朋友不吸烟，我只好下楼到门口的街边抽烟去。那是八月，已经凌晨三点。

他：（沉默）

她：我不知道你了不了解那个区域。我朋友家住在阿玛黛街和莫托莱瑟街交会的路口。

他：（沉默）

她：就在那个路口，那里有个报刊亭。

他：（沉默）

她：反正，我就在那里抽烟，在大门和报刊亭之间来回走。我正准备回楼里的时候,一个男人把我拖到一个小巷子里。

他:(沉默)

她:就是这样子,他把我拖到一个小巷子里,然后就发生了不该发生的事情。

他:(沉默)

她:当时我既没有求救,也没有呼喊,至少没有立刻呼喊,整个人完全僵住了。

他:(沉默)

她:我当时想:把我杀了吧。就像那次,车被埋在雪里让我悲痛欲绝一样。我想:好吧,反正也要死了,你爱咋地就咋地吧。我整个人都麻木了。

他:(沉默)

她:接着,我记得,开过来一辆噪音超大的摩托车,仿佛给了我一个耳光一样,把我唤醒。我大叫起来,那个男的就逃跑了。

他:(沉默)

她:可是不该发生的已经发生了。

他:(沉默)

她:(苦笑)这就是为什么我这方面不怎么放得开,不是那种能玩出花活的。

他:有一天我会跟你学的。

  这段对白当中,连续十几次的沉默使对话气氛变得越来越紧张,并弥漫着男主人公怀疑、不满、嫉妒等多种情绪,使对话矛盾在无声的力量中升级,彰显男主人公的肆虐强势的心理特征。此外,多次而持续的沉默为最后一句"有一天我会跟你学的"做了充分的铺垫,仿佛是一场拳击比赛,其中一方一直不还手,到最后突来一拳,显得格外有力,带来惊人而震撼的效果。可以说,这样的表现方式比你说一句我反驳一句显得更加有张力,充分体现了"此时无声胜有声"的艺术魅力。

  由此可见,在戏剧对白中,副语言是交流系统中的一个非常重要的方面,它对话语意义起到了替代、强化、修饰等作用。研究戏剧副语言符号并将其与戏剧文本结合起来,可为创作者与译者通过副语言符号对

149

人物对白、刻画人物形象提供有价值的帮助，也能为戏剧对白的解读以及剧中人物相互关系的剖析提供新的线索，对戏剧翻译研究具有重要意义。

二、超语言符号及其翻译

"戏剧系统是一个活的有机体，共存于与其他社会和文化系统共生的关系中。"（Aaltonen，2000：5）"戏剧作为一种艺术形式是社会的，建立于集体的经验之上。它在特定的时间、特定的地点针对特定的人群。它直接来自社会，来自社会的集体想象和符号象征，来自社会的思想和价值体系。"（Aaltonen，2000：53）也就是说，文本只是表演的一个方面，在戏剧翻译中，文本远超一连串文字，还有其背后的思想的、民族的和文化的因素。因此，制约戏剧翻译的超语言因素包括话语或者文字背后蕴含的信息，比如语境、文化习俗、历史典故等等。其涉及的研究领域也可以相当广泛，包括语用学、语义学、修辞学、词源学、社会学、文化学、心理学、地理学、民族志等多方面的知识。戏剧的超语言符号翻译的内涵非常丰富，尤其是文化因素，如何在翻译中实现跨文化交际则是译者需要关注和考察的重点和难点。因此，这里的翻译，需要探讨的绝不仅仅限于翻译如何更忠实于原著，更需要以译文接收者为导向。戏剧翻译所要关注的不仅仅是语言问题，它必须在更广阔的历史文化视野中展开自己的讨论，这就是勒菲弗尔与巴斯内特所呼唤的"文化转向"（Lefevere & Bassnett，1990）。与此同时，自二十世纪七十年代，跨文化交际学与翻译学的"文化转向"几乎同步兴起。有学者定义："跨文化交际是指不同文化背景的人们（信息发出者和信息接受者）之间的交际；从心理学的角度讲，信息的编、译码是由来自不同文化背景的人所进行的交际就是跨文化交际。"（贾玉新，1997：23）实现翻译的跨文化交际则是"翻译里最大的困难"，"在一种文化里有一些不言而喻的东西，在另一种文化里却要费很大的力气加以解释。对本国读者不必解释的事，对外国读者得加以解释"（王佐良，1985：3-7）。

此外，戏剧作为一种视听艺术，同时占有时间和空间，"戏剧的时间和空间是各种戏剧符号系统向观众呈现的轴"（Esslin，1987：42）。认识和把握好戏剧的时空意义及其相互关系，才能正确地开展戏剧翻译，把握这种独特的艺术形式。因此，戏剧不同于小说，需要在有限的时空内完成其艺术表演，这决定了戏剧具有"即时性"的特点，总是发生在"当下"。这一特点决定了戏剧作品中的文化转换比其他文学形式的作品更加困难。对于戏剧演出文本，不能像其他文学体裁的作品那样通过加注的方法向读者揭示，而且舞台上角色的对白是转瞬即逝的，因此如何在有限的时空内完成对原文的文化信息的转换是戏剧翻译面临的一项重要任务，译者需要细致地考量如何实现文化传递以及如何恰当地展现分布在空间与时间中的场景。

从文化因素来看，该剧展现的是当代职场人生活，她是一位教师，而他是《快报》杂志的知名摄影师，他们在都市中工作与生活，具有较高的社会地位和文化修养。该剧主要通过对病态的两性关系与脆弱情感的心理机制与倒错动因进行考察，解剖施暴前期的灰色地带，即本作品当中着重体现的语言暴力与控制型人格。语言暴力与情感操纵是世界任何一个国家都存在的普遍问题，从社会性与人性考察的角度来说，具有普遍性，因此，没有涉及过多的文化差异，这样的一个故事可以发生在任何一个文化中。但这并不意味着没有跨文化交际的出现，仍然会有相关的当地文化，翻译的时候需要考虑。下面分别以剧中的对白语言信息、动作语言信息与非语言信息中蕴含的文化因素进行探析。

男女主人公对白中有时候会出现一些非常典型的西方文化意象，这时候考虑到戏剧文本的特殊性，翻译时需要格外关注。比如第三幕中：

> LUI: Guarda. Comunque lei è in un atteggiamento seduttivo. Con tutte queste donne, spalmate una sull'altra, che stanno ai suoi piedi. È una donna che afferma il suo potere sensuale, no?
>
> LEI: Dici?
>
> LUI: Beh, sta là nuda.
>
> LEI: Sì, ma comunque fine, delicata.

LUI: Però nuda, al centro di un quadro rosso, con questa faccia cattivissima, questi capelli che sembra Medusa, e tutte queste donne, come delle ninfe, molto sensuali che stanno ai suoi piedi.

LEI: Trovi?

LUI: Mmm... Non si capisce. La trovo una cosa morbosa, erotica direi.

LEI: Mah... io non l'ho mai guardato così.

他：你看她，身上带着一股狐媚。其他所有这些女人，一个挨一个的，全都被她踩在脚下。这不就是在搔首弄姿，卖弄性感吗？

她：有吗？

他：当然，在那儿赤身裸体的。

她：是没穿衣服，但不管怎么说，还是很雅致的。

他：这女人赤身裸体的，位于一幅鲜红色的画布中央，那张脸无比恶俗，跟狐狸精似的，脚底下还围了一圈蜘蛛精，卖弄风情。

她：你是这么看的？

他：是啊……看不懂，我觉得这是个很色情、很变态的东西。

她：这个……我还从没这么觉得过。

这段台词的原文中出现了希腊神话里的人物，美杜莎（Medusa）和水仙女（ninfe）。考虑到并非所有的中国观众都熟知希腊神话，在时间和空间均受高度制约的戏剧文本翻译中，可"顺应目标语文化价值观"，并在"话语层面"尽可能"融入目标语规范的'透明阅读'"，采取韦努蒂提出的"归化"翻译策略，即"它要求翻译必须透明、流畅、隐形，将译文的异质性成分最小化"，与施莱尔马赫所描述的"尽可能让读者安居不动，使作者靠近读者"（芒迪，2021：208），借用本民族文学形象帮助剧场观众理解台词含义，比如狐狸精。狐狸精的典故可能出于《封神演义》，其中的商纣王的妻子妲己是狐狸精变成的，她迷惑商纣王致使商朝灭亡，"狐狸精"多被后世用来形容通过女色诱惑他人的漂亮女人，与希腊神话的蛇发美女美杜莎有相似之处；蜘蛛精是《西游记》里住在盘丝洞的妖精，其容颜美丽，身姿婀娜，极尽诱惑，与希腊神话中美丽的水仙女相似，因此翻译时选择用这两个中国神话传说里的人物形象替换原文中的美杜莎和水仙女，以顺应中国观众的文化规范。

除了对白语言，文化因素还可以体现在戏剧的动作语言当中。比如，男主人公问到几天前女主人公和一个朋友在路上偶遇的情节时，本来应该是一次正常的朋友见面打招呼，而他却纠缠不放，对于她如何打招呼，如何握手，当时说了什么、想了什么进行病态的"解剖"式提问：

他：咱再把电话里说的那个事重新捋一遍行吗？
她：当然可以，亲爱的，你尽管问吧。
他：你们在路上遇到了，还打了招呼，对吧？
她：是的。
他：你们怎么打的招呼？
她：啊，怎么打的？<u>就是平常的贴面礼呀，</u>你好，再见……
[……]
她：亲爱的，真的是碰巧，我经过酒吧时他正好从里面出来。
他：你就没有想过为什么这么巧，你路过的时候他就刚好从里面出来？
她：没有什么不对啊……
他：算了，不提了。那你们握手了还是亲吻了？
她：不，我们就是在脸上亲了一下，这样，这样。
他：握手了没？
她：握了。
他：所以你们亲吻的同时还握手了？
她：对，就是正常的贴面礼，也握手了。
他：怎么握的？
她：什么怎么握的？
他：跟我演示一下你当时具体怎么做的，成吗？你站起来。
她：（犹豫不决）
他：站起来。

153

她站起身来。他们重新演示了问候的场景。

他：也就是说你们既握手也亲吻了……像这样？
她：是的，就这样。
他：那他跟你握手时握得紧吗？
她：这个没太注意……就是两个人正常打招呼的那种……
他：那你们聊了很久吗？
她：没有，就聊了几句。

短短一段文字，看上去是一段很简单的交流，但却涉及意大利的传统社交礼仪，也就是贴面礼。然而戏剧的动作性有时候无法体现在文字当中，编剧在创作时也没有加注说明，因为这便是上文提到的，在某些文化中"不言而喻的东西"，对于本国读者无须解释。女主人公的陈述："啊，怎么打的？就是平常的贴面礼呀，你好，再见……""不，我们就是在脸上亲了一下，这样，这样"，这里，女主人公说"你好，再见""这样，这样"的同时，做了一个标准的意大利贴面礼，即左右两边各亲一下。意大利的贴面礼有时候还可以伴随其他身体部位接触，比如握手，这也正是男主人公纠结之处，他想从各方面探究细节，是否握手，手握得紧不紧等等。意大利贴面礼已深植于地中海文化，是家庭与社会不可或缺的重要礼仪，甚至在新冠肺炎病毒迅速扩散的时期也无法做到全民禁止。朋友见面行贴面礼不分性别，男和男、男和女、女和女都可以。只有了解了这一文化背景之后，才能理解该段中男主人公刨根问底，追究女主人公和一个普通朋友的贴面礼到底是怎么完成的，手握得紧不紧等话语背后暗藏的病态心理。因此，在翻译本段时，当男主人公问道："你们怎么打的招呼？（Come?）"源语文本中女主人公回答："Ah, come? Ciao, ciao..."翻译时还原了超文本信息，译为："啊，怎么打的？就是平常的贴面礼呀，你好，再见……"又如，当男主人公问道："所以你们亲吻的同时还握手了？（Quindi baciati e dati la mano?）"源语文本中女主人公的回答是："Sì, baciati e dati la mano."即她确认了男主人公的质疑。考虑到上述文化因素负载的超文本信息，翻译的时候做了一个文内补充，译成："对，就是正常的贴面礼，也握手了。"

除了戏剧的对白语言与动作语言，在非语言要素中蕴含的文化因素也值得关注。例如，该剧一开场，女主角一边唱着 *I Will Survive*（《我会活下去》）一边走上舞台，这是一首20世纪70年代的迪斯科歌曲，由美国女歌手葛罗莉亚·盖罗演唱。歌词的内容讲述了一位惨遭男友分手的女性在自我怀疑、不知所措的负面情绪旋涡里挣扎过后，终于看清楚男友的辜负和伤害，摇身一变从被爱束缚的卑微女孩成长为内心坚强、成熟清醒的女人的故事，就如同歌词中写的"I will survive. And as long as I know how to love. I know I'll stay alive"（我会活下去，一旦我学会如何去爱，我就能活下去）。作者用这首歌曲作为女主人公的开场有特殊的含义，它暗示着剧中的女主人公的命运会经历类似的起起伏伏。剧中女主人公的勇气、力量和微笑，她的梦想和自信在恋人一次又一次的误解、侮辱和言语暴力下彻底被摧毁，这种恋人间的精神操纵就如同一种不易被察觉的"灰尘"，它随着空气四处蔓延。那些粗暴的言语、可怕的猜忌和侮辱的字眼足以让爱情里弱势的一方变得脆弱和迷茫。作者用这首歌表达他期待未来某一刻，剧中的女主人公和世界上千千万万的女性都能够自我觉醒，摆脱爱人的操控和伤害从而真正活出强大的女性力量，也呼吁平等的两性权力关系能够早日得以建立，消除针对女性的暴力。由于歌曲名是通过旁白的方式表述的："舞台空无一人。音乐飘来，传来一阵女声唱着歌曲《我要活下去》。他走上舞台，回头看向歌声传来的方向，然后神色落寞地倚在一旁。"翻译时，为了尽可能地保留源文本传递的文化信息，有两种处理方式：音乐响起时，可以考虑在字幕屏上打出歌曲的中英文译名，供有兴趣的观众观后查阅；或者也可以考虑在华语流行歌曲中找到一首类似主题的歌曲，让观众从一开始便能更好地进入情境。当然，前提是主题需准确匹配，无须勉强找一相关性不太大的歌曲，与其这样，还不如保留源曲目信息。

第三节 《尘》的话语标记与翻译

首先需要说明的是，没有把本部分内容纳入语言符号与非语言符号探讨的章节，是出于如下考虑：第一，根据希夫林对话语标记的界定，话语标记是"语言成分、副语言成分或非言语成分，通过它们的句法属性、语义属性以及在始发或终结位置切分话语单位的序列关系"（Shiffrin, 1987: 40）。由此可以看出，这一定义已经超出了其语言符号属性，而着眼于其话语形式上的指示功能。第二，该剧中话语标记的使用十分广泛，含义丰富，值得进行细致而详尽的研究。因此，单独作为一个章节进行探讨。

戏剧语言要抒发感情，还要朗朗上口，可以说是"说"的艺术。拉鲁伊纳的语言风格看似平实无华，没有复杂华丽的辞藻，但在表面的平实下面却充满了紧张感，可以说是语言运用的典范，看似平实日常的语言，实则经过剧作家的精心加工和提炼。《尘》这部剧中表现了两性关系，运用的场景和主题均是司空见惯的日常生活情景。如果这部剧的语言艰涩费解，必然会影响观众与剧情发展的同步，影响观众的投入，因此，如何模拟日常对话的真实性是关键所在。"完整准确地再现日常会话很难，因为里面有大量断断续续、缺乏连贯的句子，而戏剧对话中流畅的句子可以保证剧本在演出中得到准确的再现。"（Elam, 2002: 180）

该剧的男女对话听起来十分自然逼真，正如有的观众所言，仿佛把生活场景搬到舞台上去一样，一个重要的因素便是对话语标记的广泛而恰当的使用。人的思想常常是无结构的，是具有流动性和跳跃性的，一个想法过渡到另一个想法可能没有内在的条理性，有时候甚至没有明显的承上启下。因此，人物在对话时，需要将这些没有条理的思想转成线性的话语，还必须不断纠正或者阐释未经过事先计划的话语，于是就会使用话语标记为整个话语结构提供信息，以提示一句话与上下文的关系，起到语篇功能、人际功能等语用与社交作用，帮助听话人识别复杂甚至不连贯的思想内部联系。该剧之所以能找到日常会话和戏剧对话的平衡点，一个重要的语言特点便是大量使用话语标记，使戏剧语言获得了日常对话的自然感，也展现了更加丰富的语言力量与内涵。而这一点对译者提出较大的挑战。按照奈达的动态对等理论（后来称为"功能对等"），动态对等的基础奈达称为"等效原则"，即目标语读者和所接受信息间的关系应当与源语读者和所接受信息间的关系基本一致。奈达认为动态对等的目标是寻求"最贴切、最自然的对等",这里的"贴切"指向源语文本,即"从语义到文体再现源语的信息",而"自然"指向目标语文本,为了实现"最自然的对等",就必须调整语法、词汇和文化指称(Nida,2002:12)。如何在中文中找到动态对等,用同样看似朴实的表达表现这种内在的压迫感是关键。

剧中话语标记涵盖了各种类型,看似中性平实,没有固定含义,有时候甚至没有实际意义,但却在对话中起到重要的衔接与信息转换作用,具有相当丰富的文化内涵。因此,在翻译之前,有必要对剧中出现的话语标记做一个整体的分析。

就形式而言,话语标记包括单个的词、短语或小句结构。它主要源于传统语法分类中的叹词、连词、副词、形容词、动词、短语及小句等。一般认为,话语标记语独立于句法结构之外,不影响话语的真值或命题意义,但对言语交际却至关重要,具有复杂的交际意义及功能。在戏剧文本中,话语标记将交际情境中的各个部分有机结合,便于演员用恰当的语言形式来组织话语的推进,引导观众正确理解话语。话语标记标识当前话语和前述话语与后述话语的逻辑关系,需凭借其来加强或者减轻语势,真正传递话语的意图和说话人的态度,明确语句的弦外之音,提高言语行为的有效性。

霍克尔指出话语标记的四个基本特点:(1)不影响话语的真值条件;(2)不增加话语的命题内容;(3)与言语情景有关,与所涉及的情景无关;(4)具有情绪的、表达的功能,不具有所指的、外延的或者认知的功能。(转引自李欣,2001:18)莱考夫指出,话语标记本身听上去没有权势,但实际上话语标记给予说话人发挥权势的方式,说话人经常使用话语标记来实现很多不同的话语功能。(Lakoff,1985:3)比如,说话人可以使用话语标记作为语言性的面具来实现隐含的目的,如向听话人传递不公开的敌意:

她:今晚玩儿得挺开心的呢,是不是?
他:哼(四声)……(原文:Uhm...)
她:我那些朋友咋样?你跟他们玩儿得来吗?

他：哼（四声）……（原文：Uhm...）
她：你觉得今晚好玩儿吗？
他：劳驾，能麻烦你给我找个旅馆住吗？

　　该场景为该剧开场对白，男女主人公从一个聚会出来，女主人公玩儿得很开心，没有觉察到男主人公的不悦。男主人公没有正面回答女主人公的问题，而是用话语标记"Uhm"来隐含地表达自己的不满。翻译时，这里采用了"哼"这个字。根据2021年第12版《新华字典》，"哼"字是多音字，除了表示鼻子发出痛苦的声音或者表示随口唱的发音"hēng"之外，还有发成h跟单纯的舌根鼻音拼合的音（hng），作为叹词，表示不满意或者不信任，本文中应读成第二种发音"hng"。

　　再比如，意大利语单词"ma"，基本含义是"但是"，这一话语标记置于句首时，往往表达说话人不同意对方意见的立场，然而在不同语境下，对应中文中的不同表达，不可一概而论。除此以外，还有"mah"，跟"ma"不太一样，也可以表示轻微的转折，但没有那么强烈，与此同时，有可能包含其他情绪。此外，类似的话语标记还有"guarda""vedi""dài"等，这类词在文本中出现极其频繁，对应的翻译策略也不尽相同。剧中出现频率最高的意大利语叹词，诸如"mah""beh""boh""ehm""ah"等，也具有上述特点，即不充当句子成分，而是随着语境的改变而承载不同的含义。比如"beh"这一叹词，可以表达疑问语气或者非疑问语气，在不同的语境中可以表达不同的情感，如吃惊、失望、欲言又止、困惑、不解、反对等。

　　话语标记在同一语言体系当中已经是一个比较复杂的语言现象，而翻译需跨越两个不同的语言体系，因此难度更大。中文的话语标记修辞与意大利语的话语标记修辞手法不同，中意思维和表达习惯上相差甚远，因此这类词往往没有固定的翻译模式，需要依据具体语境具体分析。

　　这里提到的语境是话语标记翻译的重要考察对象，在翻译的时候，需要非常重视"语境化提示"。社会语言学家冈珀斯提出了此概念，认为它们是"一组信息形式的表面特征，说话人和听话人分别运用这个手段来暗示和理解活动的性质、语义内容以及每个句子与之前和之后句子的关系"（Gumperz，1982：131）。"语境化提示"可负载信息，而且意义是隐含的，只有随着话语的交互进行才能显现。道格拉斯关于这个方面提出的观点对于戏剧文本翻译具有较大的启示意义，该学者指出，"语境化提示"是交际参与者在理解（和创建）语境时对情景的和语言的环境信号的反应，包括（1）物理的：场合、参与者；（2）语音的：语气、音调、节奏；（3）语义的：语码、话题；（4）修辞的：语域、文体、语类；（5）语用的：目的、交际显著性；（6）副语言的：姿态、手势、目光、面部表情。（Douglas，2007：28）要理解会话就要关注会话交流中特殊的信号。典型的话语标记帮助听话人紧跟说话人的思路，识别两个话语单位的关系。其他因素，诸如语调、音调、响度、声音质量、话语速度等，也能传递说话人的社会地位与情绪状态等隐含信息，增加口头信息的连贯性。失去恰当的话语标记会使交际变得生涩乏味，无法产生预期的效果，在翻译该类文本时，需要格外关注。

意大利语和汉语属于不同的符号系统，意大利语频繁地使用代词、连词、介词、关系词等组织篇章和话语。汉语少用关系词、连词、介词、代词等，因此在意汉翻译中省略代词、连词和关系词等是一个常见的现象。意大利人和中国人在文化思维和表达习惯方面也存在巨大差异。汉语中的逻辑关系往往是隐形的，通常无须借助外在手段衔接，说话人倾向于让听话人去推导和理解话语之间的关系。而意大利语的逻辑关系很强，人称、性、数讲究对应，动词时间关系清晰有序。

话语标记虽然没有表征意义，不增加话语的命题内容，但能促进听话人对话语内在关系的理解，消除自然语言潜在的歧义。以连词为例，该剧中大量使用连词"ma"，表示对比关系。但在实际翻译中，我们发现不能每一次都固定地翻译成汉语中某一特定词，甚至有时候需要省略翻译。这是因为翻译过程中省略连词就是从明示变为隐含，连接概念虽然弱化，但逻辑观念并未阻断，有时候反而显得行文更加简洁自然。有时候，把逻辑关系原封不动地翻译出来，会使译文显得有翻译腔，不符合汉语的表达特点。

全剧本中"ma"这个词出现了158次。大部分情况下是连词，在具体语境中可以表达不同的语气，归纳起来，可大致分为如下几种。

1. 表示对比关系，相当于"但是""不过""可"。

> LUI: Guarda, io lo so che magari lo fai distrattamente, però devi stare più attenta ai segnali che mandi. Esserne consapevole. Se li vuoi mandare li mandi, **ma** se non li vuoi mandare non li mandi.
>
> LEI: Di sicuro non volevo mandarli.
>
> 他：你看啊，我知道你没准儿是不小心才做了这样的动作，但你要多留意自己发出的信号。你得有这个意识。如果你想暗示什么，那你就这么做；**可**如果你没这样的意思，那就不要做这样的动作。
>
> 她：我绝对不想暗示什么。

2. 加强语气，起到强调的作用。在这种情况下，可以用"而且""当然"等表示递进或者强调的话语标记来翻译，有时候也可选择不译，在句中用其他的方式进行补偿。

> LEI: Comunque, mi dispiace averti messo in imbarazzo.
>
> LUI: Non l'hai fatto mica di proposito, hai detto, no?
>
> LEI: **Ma no**, assolutamente. Comunque, scusami.
>
> 她：不管怎么样，真的对不起，之前让你那么尴尬。
>
> 他：你也说了，不是故意这样做的，对吗？
>
> 她：**当然不是**，绝对不是。不过还是很抱歉。
>
> LUI: La prossima volta però che si capisca subito con chi stai.
>
> LEI: (*c.s.*)
>
> LUI: Cioè deve essere molto chiaro che tu stai con me.
>
> LEI: (*c.s.*)
>
> LUI: **Ma** devi essere tu a dirlo, specie quando vengo io nel tuo posto, no?

LEI: (*c.s.*)

LUI: Mi devi presentare.

他：不过下回你可得让旁人一眼就明白咱俩是一对。

她：（点头）

他：你要明确地表示出我是你的男朋友。

她：（点头）

他：**而且你得主动说出来**，尤其是我跟你的朋友出去玩儿的时候，懂吗？

她：（点头）

他：你得跟别人介绍我。

3. 表示吃惊、无法相信的情绪，往往后面会跟上其他词，如"che dici""come""dài"等。在这种情况下，可以翻译成"不会吧"等表示类似情绪的话语，或者紧密结合语境，做恰当的对等转换。

LUI: Puoi indicarmi un albergo per favore perché io non dormo a casa tua?

LEI: **Ma che dici?** Dai, sali in macchina.

他：可以麻烦你告诉我一家旅馆吗？我不想在你家睡。

她：**你这是要干什么呀**？别这样，上车吧。

LUI: Ti tocchi continuamente però.

LEI: **Ma come**, mi tocco?

LUI: Ti tocchi, sei sempre lì che ti tocchi.

他：但你不停地摸。

她：**不会吧**，我怎么不停地摸了？

他：一直在摸，就没停下来过。

LUI: Mi chiedevo cosa pensavano di me.

LEI: Addirittura?

LUI: Sì, ero veramente in imbarazzo.

LEI: **Ma dài...**

他：我当时就在想，人家都是怎么看我的。

她：至于吗？

他：至于，我确确实实很尴尬。

她：**不会吧**……

4. 提请听话人注意，作为话语分割标记，暗示马上要提出一个问题（往往置于句首），引入新的话语，这时候可以考虑在等效原则的基础上使用"那……""不过"等类似的表达。

LUI: **Ma** tu l'hai vista la donna che è al centro del quadro?

LEI: Eh, sì l'ho vista.

LUI: E com'è?

LEI: Eh... è una bella figura, un bel corpo, molto affusolato, mi piace...

他：**那**你看到画面中央的女人了吗？

她：看见了。

他：你觉得怎么样？

她：嗯……曲线很漂亮，身材匀称苗条，我喜欢……

这段场景中，男主人公跟女主人公谈起家里的一幅画，在问了一些"装饰性问题"之后，男主人公由此切入正题，引出他谈论画作的真正目的。用"ma"开头起到了缓和语气的作用，从言语上缓解说话人即将抛出问题可能会引起的不快和尴尬，缓和出言不逊在交际中可能带来的负面影响。

除了上述语篇功能之外，"ma"高频出现在文本中的很多情况体现了话语的人际功能，表现出其极为丰富的语用功能。在人际层次上，"ma"作为一个礼貌标记词，主要体现为减少和避免因意见分歧、拒绝请求等行为可能给听话人带来的不悦以及恼怒，这种情况往往出现在女主人公的台词中或者男主人公为了达到自己的目的而提出的看似温和的装饰性问题中：

LUI: Posso farti una domanda?

LEI: Certo.

LUI: <u>Ma no</u>, forse è meglio di no.

LEI: Perché?

LUI: Magari non ti va di rispondere.

LEI: No, mi va.

LUI: Si, <u>ma</u> magari pensi ma questo perché deve impicciarsi nelle...

LEI: <u>Ma</u> no che non penso niente, anzi sono curiosa, dimmi.

LUI: Tu ti tocchi.

LEI: Mi tocco?

LUI: Sì, tutta la serata ti sei toccata le mani, come mai?

LEI: <u>Mah</u>, non lo so, forse perché io ho sempre le mani fredde, quindi mi scaldavo, non lo so...

LUI: E il collo. Ti toccavi sempre pure il collo.

LEI: <u>Ma</u> perché io ho sempre bisogno di avere il collo coperto, anche d'estate, quindi se non ho qualcosa mi tocco.

LUI: Ti tocchi continuamente però.

LEI: <u>Ma come</u>, mi tocco?

LUI: Ti tocchi, sei sempre lì che ti tocchi.

LEI: <u>Ma quando</u>, in che momento?

LUI: Quando ascolti gli altri.

LEI: <u>Ma</u> forse perché mi rilassa. È come qualcuno che appunto si tocca la barba, no? Io mi tocco il collo, i capelli...

[...]

LUI: Tu non ti rendi conto, ma mentre ti parlano ti tocchi (*si accarezza il collo in modo molto sensuale*) così, e quindi se tu ti tocchi così...

LEI: Ma non mi pare... Ma faccio così veramente?

LUI: Sì, tu fai così.

他：可以问你一个问题吗？

她：当然可以，你问吧。

他：算了，还是不问了。

她：为什么？

他：也许你会不想回答。

她：我当然会回答。

他：好吧，但你可能会想，这人怎么这么多管闲事……

她：怎么会呢，我不会多想的，你问吧，我都好奇了。

他：你喜欢摸你自己。

她：摸我自己？

他：对，整个晚上你手就没闲着，为什么这么做？

她：这个，有吗？可能是因为我的手一直很凉吧，我想暖暖手，没想那么多……

他：还有脖子。你也摸个不停。

她：可能是因为我平时不习惯露着脖子，哪怕在夏天，所以假如我脖子上没什么东西的话，我就会下意识地用手挡一下。

他：但你不停地摸。

她：不会吧，我怎么不停地摸了？

他：一直在摸，就没停下来过。

她：什么时候，在什么情况下？

他：在你听别人说话的时候。

她：那可能这样做能让我放松吧。就像有的男士会时不时地摸一下胡子，我会摸摸脖子、捋捋头发什么的……

[……]

他：你都没意识到，可别人一跟你说话，你那手就一直在脖子上这么摸呀摸呀（以极其性感的方式抚摸自己的脖子），你要是这样摸

164

的话……

她：啊，我应该不会这样吧……难道我当时真的是这么做的吗？

他：对，你就是这么做的。

在这一场景中，男主人公出其不意地说出一个女主人公的问题（在他眼中是问题），弄得女主人公十分尴尬，一时半会儿不知如何应对。于是在这段对话中集中出现了话语标记"ma"，表现了她的不适和迟疑，采用此话语标记，一来争取一些组织话语的时间，二来以比较缓和的方式来应对男主人公的种种质疑。因此，在翻译方法上需根据其上下文具体语境来选用合适的表达。在需要争取时间时，一般翻译成"这个""那"等汉语中类似的话语标记；而在表达迟疑和不确定的态度时，有时候也运用了省略补偿法，即对原话语标记采取省略的译法，而加入副词以进行补偿，比如"可能""难道"等字眼，或者是叹词，如"啊"等。

此外，在某些对话中集中使用话语标记"ma"，能从话语表面上缓和对话的气氛，然而深层次的紧张感却层层推进：

LUI: Guarda gli occhi. Comunque ha questi occhi allungati.

LEI: Ma quella non sono io. Lei l'ha fatto, me l'ha regalato, ma non sono io.

LUI: Invece sei tu. Lei te l'ha regalato perché questa sei tu. Ti piace?

LEI: Mah, se sono io non corrisponde molto, cioè con quest'occhio così, come tu dici cattivo. Se tu lo vedi cattivo il mio, sensuale...

LUI: (*In modo affermativo*) Un po'.

LEI: Ma non mi pare.

LUI: Perché ti tiri le sopracciglia?

LEI: Eh?

LUI: I peli delle sopracciglia.

LEI: Ma non è che me li tiri tantissimo. Sono solo tre o quattro qua.

165

Sono brutti.

LUI: Dici?

LEI: Sì, davvero, sono brutti, perché sono solo tre o quattro, sparpagliati, per questo li tiro via.

LUI: Sì, ma questa è una forma che non ti sta bene.

LEI: Ma io non mi faccio nessuna forma. Mi tiro solo questi tre o quattro che spuntano qua sopra.

LUI: Sì, ma così dai una forma molto aggressiva alle sopracciglia.

LEI: Mi sa che non ci ho mai fatto caso... È aggressiva, dici?

LUI: Aggressiva molto. Ma tu ti guardi?

LEI: Non è che io mi guardo molto.

LUI: Te le faccio vedere.

[...]

LUI: (*Guardando il quadro*) E di questo quadro? Cosa ne facciamo?

LEI: Ma...

LUI: Tu lo vuoi tenere questo quadro?

LEI: Beh, ce l'ho da tantissimi anni, almeno quindici anni. A me non dà fastidio.

LUI: Sì, ma rappresenta un aspetto erotico di te che non mi piace.

LEI: Ma è solo un quadro.

LUI: Sì, ma il giorno che tu butterai o brucerai questo quadro sarà un giorno molto importante per te, vorrà dire che sarai cresciuta.

LEI: Ma perché a te dà fastidio se...

LUI: A me disturba moltissimo.

他：你看她的眼睛，那狭长的细眼。

她：反正她画的不是我。是她送给我的礼物，但画的不是我。

他：她画的正是你。她想送给你正是因为这就是你。你喜欢吗？

她：不会吧，我觉得不太像我，你看这眼神，就像你说的，看起来挺嚣张的。你不会觉得我也是这么嚣张，这么狐媚吧……

他：（用肯定的语气）其实真有一点儿。

她：我可不这么想。

他：你为什么要修眉？

她：啊？

他：我说眉毛。

她：可我没怎么修啊，只是拔了几根多余的。不然很难看。

他：是吗？

她：是啊，真的，这多出来的三四根杂毛真挺难看的，我就把它们拔掉了。

他：但你不适合这样的眉形。

她：我没刻意去修什么眉形，只是拔去上面多余的杂眉。

他：对，但你的这个眉形有一种很凌厉的感觉。

她：还真没注意过。看起来真的很凶吗？

他：很凶。你不看你自己吗？

她：还真没仔细看过。

他：我让你看看。

[……]

他：（看着画）那这幅画怎么办？我们怎么处理？

她：这个……

他：你想留着它吗？

她：嗯，这幅画都跟我好多年了，至少十五年了。我没觉得它看起来不顺眼。

他：嗯，但是它展现了你轻浮的一面，我不喜欢。

她：不过就是一幅画而已。

他：是一幅画，没错儿，不过你把它扔掉或者烧掉的那一天，对你来说将会意义重大，说明你长大了。

她：你要是这么不喜欢的话……

他：我看着烦透了。

在这段场景中，男主人公试图说服女主人公不要修眉，坚持说女

167

主人公不适合这样的眉形，而女主人公认为自己天生的眉形就是这样，但男主人公觉得没有达到自己的目的，仍然坚持己见，连用两个"Sì, ma"（嗯，但是）结构来强化自己的观点，看似波澜不惊，实际上步步紧逼。之后在对话的某一刻，男主人公话锋一转，突然从眉毛的问题跳转到女主人公家的那幅画的问题，对于突如其来的问题，女主人公仍然用了话语标记"ma"，表达其不知所措的状态。男主人公继续采用上文的做法，又连用两个"Sì, ma"结构来强化自己的观点，在表面看似平静的话语下掩藏着其近乎狂躁的控制欲，直到达到自己的目的"画没了"为止。

这种借助话语标记"ma"的集中使用以营造对话内在的紧张感的方式在剧本中随处可见。再看一个比较典型的场景，男主人公问到几天以前女主人公和一个朋友在路上偶遇的情节，本来应该是一次正常的朋友见面打招呼，而男主人公却纠缠不放，对于女主人公如何打招呼，如何握手，当时说了什么、想了什么进行病态的"解剖"式提问。这一段同样密集使用大量的话语标记"ma"，营造紧张的对话气氛和紧迫的节奏感：

LUI: Cioè vi siete dati la mano e vi siete baciati... Così?

LEI: Sì, esatto.

LUI: Ma lui la mano te l'ha tenuta molto o poco?

LEI: Ma non lo so... quello che è normale quando due si salutano...

LUI: Ma è stato un saluto veloce?

LEI: Sì, un saluto veloce.

LUI: E quando l'hai visto cosa hai pensato?

LEI: Cos'ho pensato? Mah, caspita, Marco, da quanto tempo...

LUI: Ma hai pensato che lo volevi salutare?

LEI: Ma non lo so, se ho pensato... Cioè il tempo di pensare e lui era già di fronte a me e ci siamo salutati, non ho pensato ora lo saluto non lo saluto.

LUI: Ed eri contenta di vederlo?

LEI: <u>Mah</u>...

LUI: Secondo te tu eri contenta di vederlo?

LEI: <u>Mah</u>, normalmente contenta, cioè... buh... curiosa che non lo vedevo da tanto, quindi che fai, che non fai, che hai fatto, che fine hai fatto?

LUI: E lui di vederti?

LEI: <u>Mah</u>, sì, mi sembrava... normalmente, come due che si salutano.

LUI: E dopo che vi siete salutati, che vi siete detti, che vi sentite?

LEI: <u>Ma</u> non ci ho manco il numero io di Marco.

他：也就是说你们既握手也亲吻了……像这样？

她：是的，就这样。

他：那他握你手时握得紧吗？

她：这个没太注意……就是两个人正常打招呼的那种……

他：那你们聊了很久吗？

她：没有，就聊了几句。

他：那你看到他的时候想了些什么？

她：想了些什么？这个，哎呀，马可呀，这都多长时间没见了……

他：那你当时想不想跟他打招呼？

她：这个我不知道，想了还是没想……他就站在我面前，我们就打了个招呼，我没去想要不要跟他打招呼之类的事情。

他：那你遇到他很开心吧？

她：这个倒没有……

他：那你觉得你见到他开心吗？

她：这个怎么说呢，就是那种正常的高兴，就是……我也不知道……有点儿好奇，真的好长时间没见了，所以就随便聊了一小会儿，你最近在忙什么，以前干吗了，后来怎么样了之类的。

他：那他看到你开心吗？

她：不清楚……也许吧，我感觉……就是正常的两个人打招呼。

169

他：你们打完招呼有说再见面吗？
她：我连马可的号码都没有。

这段话中，男女主人公都频繁地使用话语标记"ma"，穿插在一问一答中，让观众感受到男主人公咄咄逼人的架势和女主人公惶惶不知所措的无奈，而这样反差巨大的人格特质是通过使用同一话语标记传达的。这也正是话语标记的语境化功能的体现，在翻译时也应该根据男女双方的心理差异来做出调整。

除此之外，"ma"还可以作为叹词，有时候也会出现"mah"[⑦]，和其他的叹词"beh""boh"等一并成为脚本中出现频率最高的叹词。我们在上面关于"ma"的分析中已经看到了许多关于"mah"的使用，现在来做进一步探讨。

尽管音译法在一些情境下有效，很直观，但也存在着一定的局限性，有时无法完全反映说话人的态度和心理认知状态。为了有效传递话语中负载的语用信息，翻译时还应译得更加具体，为听话人理解话语起到明示作用。一般情况下，叹词"mah"表示不高兴、不乐意、苦楚以及听天由命等微妙情绪。下面看几个具体例子：

LUI: E queste donne ai suoi piedi?

LEI: **Mah...** Sono donne ma sono stilizzate, sembrano un po' dei pesci, degli animali... Non ho mai pensato fossero delle donne, sembrano dei fiori.

LUI: Uhm...

LEI: Cosa c'è?

LUI: Ma non vedi che faccia cattiva che ha questa donna?

LEI: **Mah, no,** veramente non ci ho mai fatto caso.

---

⑦ 意大利语言学家南乔尼认为，"mah"和"ma"这两个词是同源的，前者是后者在语义—语用历时演变中的不同形态。"ma"一般用作连词，当这个词行驶其叹词功能的时候写作"mah"，表达疑惑、不知所措等情绪（Nencioni, 1983）。

他：那她脚下的这些女人呢？

她：**这个**……这都是抽象化了的女人，好像鱼，又有点儿像动物……我还从没想过是女人们，好像花朵。

他：嗯……

她：你觉得有什么不对吗？

他：难道你没看到那个女人那张嚣张的脸吗？

她：**这个**，还真没有，以前没注意过。

LEI: Trovi?

LUI: Mmm... Non si capisce. La trovo una cosa morbosa, erotica direi.

LEI: **Mah...** io non l'ho mai guardato così.

她：你是这么看的？

他：是啊……看不懂。我觉得这是个很色情、很变态的东西。

她：**这个**……我还从没这么觉得过。

LUI: Ma ti sembra o ci sei sbattuta?

LEI: **Mah**, credo di esserci sbattuta. Si, se ho spostato la sedia ci sono sbattuta.

他：好像碰了还是碰了？

她：**这个**，我觉得碰了一下。椅子挪位了是因为我碰了一下。

我们发现，在剧本中十几处用到叹词"mah"的地方都出现在女主人公的话语里。这几处中，女主人公对男主人公的观点并不赞同，但没有选择在第一时间做出当机立断的回应，而是用这一叹词作为第一反馈，从而争取一些时间。这里的"mah"作为延缓话语表达的手段，用来组织接下来要表达的观点，表现出说话人对话语意义的切磋和协商，也是说话人意欲与听话人保持友好关系所做的某种让步。这种回答问题的方式表现了女主人公的性格特征，她温婉柔和，习惯顺从，不爱挑起事端，尽量避免冲突，认真地思考和回答男主人公提出的每一个问题，在表达自己的意见时显得委婉，缺乏霸气，甚至软弱。这里把"mah"

意大利当代戏剧《尘》文本解读与翻译研究

翻译成"这个",来表达女主人公轻微的不赞同的态度,有所迟疑,又想尝试表达自己的意见。随着情节的发展,女主人公内心意识有所增强,因此在以下的例子当中,采取了用短语或者短句的方法来翻译该叹词,以表现这种细微的变化。而到了剧本的后半部分,该叹词再也没有出现在源语文本中。

LEI: Ma quella non sono io. Lei l'ha fatto, me l'ha regalato, ma non sono io.

LUI: Invece sei tu. Lei te l'ha regalato perché questa sei tu. Ti piace?

LEI: **Mah**, se sono io non corrisponde molto, cioè con quest'occhio così, come tu dici cattivo. Se tu lo vedi cattivo il mio, sensuale...

LUI: (*In modo affermativo*) Un po'.

她:反正她画的不是我。是她送给我的礼物,但画的不是我。

他:她画的正是你。她想送给你正是因为这就是你。你喜欢吗?

她:**不会吧**,我觉得不太像我,你看这眼神,就像你说的,看起来挺嚣张的。你不会觉得我也是这么嚣张,这么狐媚吧……

他:(用肯定的语气)其实还真有一点儿。

LUI: E perché hai spostato la sedia?

LEI: **Mah**, l'ho spostata perché...

他:你干吗挪椅子呢?

她:**那啥**,我挪椅子是因为……

LUI: Ed eri contenta di vederlo?

LEI: **Mah**...

LUI: Secondo te tu eri contenta di vederlo?

LEI: **Mah**, normalmente contenta, cioè... buh... curiosa che non lo vedevo da tanto, quindi che fai, che non fai, che hai fatto, che fine hai fatto?

172

LUI: E lui di vederti?

LEI: **Mah**, sì, mi sembrava... normalmente, come due che si salutano.

他：那你遇到他很开心吧？

她：**这个倒没有**……

他：那你觉得你见到他开心吗？

她：**这个怎么说呢**，就是那种正常的高兴，就是……我也不知道……有点儿好奇，真的好长时间没见了，所以就随便聊了一小会儿，你最近在忙什么，以前干吗了，后来怎么样了之类的。

他：那他看到你开心吗？

她：**不清楚**，也许吧，我感觉……就是正常的两个人打招呼。

以上的译例说明，意大利语叹词一词多义，语用功能丰富。翻译时应根据话语发生的交际语境，并兼顾意汉语言的差异，选择是译成叹词，还是译成实词或者短语，甚至是短句，从而充分再现说话人的意图和语旨。

其他常用话语标记译例分析

1. 叹词话语标记"dài"

该剧中，另一个使用频繁而且极具意大利语特色的叹词便是"dài"，该叹词不是一个简单的声音单位，而是非常接近口头表达手段，相当于习语、套话或者固定表达式。因此，在翻译这类词的时候要注意两个问题，一是能否正确识别和理解其在语境中的含义，二是能否在目标语中准确传达各个层面的意义。"dài"这个词常常对应汉语中的"来吧"，但从语用层面上看，在不同的语境中，其实际意义会很不一样，如果硬译，就会引起理解错误，进而造成翻译失误。从这个意义上说，通常情况下，叹词的翻译失误更多是语用性的，而不是语言性的，如语法或者词汇方面的错误。最佳策略便是要紧紧围绕语境，从语用功能出发，力求动态的非字面的对等。下面就以"dài"这个词的翻译为例，看如何在翻译中选择恰当的策略，从而实现原文和译文的语用功能对等。下面来看几个例子：

  LUI: Puoi indicarmi un albergo per favore perché io non dormo a casa tua?

  LEI: Ma che dici? <u>Dài</u>, sali in macchina.

  LUI: No, non salgo.

  他：可以麻烦你告诉我一家旅馆吗？我不想在你家睡。

  她：你这是要干什么呀？<u>别这样</u>，上车吧。

  他：不了，我不上车。

  LUI: <u>Dài</u>, diciamoci tutto, voglio sapere tutto di te, del tuo passato, chi c'era prima di me...

  LEI: (*Silenzio*)

  LUI: <u>Dài</u>, sono interessato.

  LEI: No, <u>dài</u>, comincia tu.

  LUI: Voglio prima sapere di te.

  他：<u>这样吧</u>，我们来好好聊聊，我想知道你的一切，包括你的过去，在我之前的……

  她：（沉默）

  他：<u>快呀</u>，我想听。

  她：不嘛，<u>要不</u>，你先说。

  他：我想先听你说。

  LUI: Adesso parlami di te.

  LEI: (*Silenzio*)

  LUI: <u>Dài</u>, sono curioso...

  他：现在该轮到你讲了。

  她：（沉默）

  他：<u>说嘛</u>，我很好奇……

LUI: Dài, vieni qua.

LEI: No, non ce la faccio.

LUI: Ma dài, non puoi avere paura di un cavallo.

LEI: No, no...

LUI: Dài, dagli da mangiare, non ti fa niente.

LEI: Ho paura...

LUI: Non avere paura, dài, ci sono qua io.

他：来，到这儿来。

她：不，我不敢。

他：不是吧，就一匹马有啥可怕的。

她：不，我怕……

他：你过来，喂它点儿吃的，它不会把你怎么着的。

她：我怕……

他：有啥好怕的，勇敢点儿，有我在呢。

LUI: Sì, ero veramente in imbarazzo.

LEI: Ma dài...

LUI: Sì sì, olto, anche per questo sono uscito.

他：至于，我确确实实很尴尬。

她：不会吧……

他：没错儿，特别窘，就是因为这个我才出去的。

叹词"dài"，如上文所说，常常对应汉语中的"来吧"，但在翻译的时候，不能硬搬字面意思，而应该抓住这个叹词的核心含义，即表示对听话人的规劝与鼓励。因此，在译例当中，不同的语境下译法均不一样，除了"来""你过来"之外，有时候是"别这样"，有时候是"这样吧"，或者转化为"快呀""勇敢点儿""说嘛"等跟话语情境更贴切的表达。而当"dài"和"ma"连用，组成新的短语"ma dài"，通常表现说话人无法相信的吃惊的态度，常常译为"不会吧""不是吧"等类似的表达。

2. 动词话语标记

像"guarda""vedi"（看）这样的话语标记在文本中出现的频率也是极高的。下面仍从翻译的功能对等来剖析。跨语言对等有三种类型：完全对等、部分对等和不对等。完全对等是相对较少的情况。部分对等是最多、最复杂的对等类型，只要语义或者功能不完全相同或部分重叠就会产生部分对等。而翻译不是对孤立的词或者短语做简单的语际转换，而是在译语中为特定语境中的源语语言项挑选对应项。就话语标记而言，应以话语标记的核心意义为基础，上文中已经以"dài"为例，说明了相关问题。那么具体什么是核心意义呢？艾杰默指出，由于话语标记一般缺乏概念表征，偏重功能而非意义的表述，因此核心意义就是话语标记在实际语境中的交际功能，话语标记语用翻译的目的就是要实现它在语篇和人际功能方面的对等。（Aijmer，2006：101）

下面来看看"vedi"运用在实际语境中的案例：

Va a prendere uno specchietto e glielo porge.

LUI: Perché comunque <u>vedi</u> è una forma che dà all'occhio uno sguardo aggressivo.

LEI: Dici? Mah... non pensavo.

他把一面小镜子拿到她面前。

他：<u>你看</u>，这种眉形会显得眼神很凶悍。

她：是吗？反正……我以前没有这样的感觉。

当说话人跟对方谈论某事并且非常希望听话人能够理解这件事时，使用"vedi"。这里，男主人公发现女主人公修眉，他试图说服女主人公不要再去修眉，便拿过来一面小镜子，然后用看似轻描淡写并且貌似客观的语气对她说"你看"，从而进一步解释他的观点，希望女主人公理解并接受她的观点。

LUI: (*Ripensandoci*) Quante volte gli hai detto ti amo?

LEI: (*Silenzio*)

LUI: Rispondi?

LEI: Ma tre, quattro.

LUI: Ah, non una come avevi detto. Vedi? Dai sempre risposte diverse. Ogni volta che parliamo dai sempre risposte diverse. Vedi che non sei credibile?

LEI: Ma a volte mi confondo, è stato tanti anni fa...

LUI: Tu non sei confusa, sei inaffidabile. Vedi perché dobbiamo sempre ripetere le stesse cose? Mi costringi.

他：（沉思中）说，你对他到底说过多少遍"我爱你"？

她：（沉默）

他：说话啊？

她：也就三四次。

他：啊？你以前可是说只说过一次。看到了吗？你的回答总是前后不一。每次我们谈到这个问题，你的回答都不一样。看看，你就是靠不住！

她：有时候我真的记得不太清楚了，都多少年前的事了……

他：你可不是记性不好，你就是没一句真话。我们之所以老是不得不重复说那几件事，看到没，都是因为你逼我的。

这里，男主人公连用了几次"vedi"，这里的话语标记不仅有向对方解释的功能，还负载着其强烈愤怒的情绪。男主人公几经盘问，终于在"鸡蛋"里挑出根"骨头"，于是由此大做文章，想借此机会充分指责女主人公的"前后不一"。因此，该话语标记可插入在说话人对事实的陈述中，引起惊讶或者责备的表达。这段案例中的该话语标记和上一段中同一话语标记在翻译字面上的差别不大，不同之处主要还是反映在该词的语调特征上，这一点将由文本之外的非语言要素来体现。前一段中的话语标记比较适合用平调，表示中性的语气。而本段中的话语标记第一处应采用升调，表示后面要强烈地表达自己的观点。第二处和第三处应采用降调，表示强烈的陈述，告诉听话人，以充分证明自己的说辞是有道理的。再如：

LEI: Si, lo so amore, scusami.
LUI: Vedi che sei una bugiarda.
LEI: Ma io avevo paura che tu pensassi chissà cosa.

她：是的，我知道，亲爱的，我错了。
他：你说你是不是骗子？
她：我只是害怕你又多想。

话语标记"vedi"的同义词"guarda"则有着不同的交际功能，后者往往起到提醒作用，充当开始会话时引起注意信号，表明说话人对现实语境有着非常强烈或者坚决的看法。

比如，当男主人公再次重提旧事、纠缠不放时出现了这样的对话：

LUI: Allora me lo dici che ci hai fatto con questo tizio?
LEI: Ma chi?
LUI: Hai capito benissimo, Ivan Donato.
LEI: Nooo, ancora.
LUI: Perché, pensavi che avessimo finito? Guarda che l'argomento è appena iniziato.

他：能跟我讲清楚你跟这家伙到底有没有一腿？
她：谁啊？
他：你心里清楚得很，伊万·多纳托。
她：不不不，你又来了。
他：什么意思，你以为我们的问题解决了吗？我跟你讲，问题才刚刚开始。

这里，说话人对现实语境有明确的认识（女主人公表现出对这个话

178

题的反感），话语标记"guarda"有助于制造刻不容缓的语境效果。

> LUI: Scusami, guarda, ho sonno, vorrei andare a dormire. Posso?
> LEI: Ma perché non da me? Ieri ci hai dormito...

> 他：不好意思，是这样，我现在很困，就想找个地方睡觉，成吗？
> 她：那为什么不去我那儿睡？昨晚你都来了……

这一段是该剧第一幕，这个时候男女主人公的关系还不是那么熟，所以男主人公在表达自己的不满时，没有那么刻薄，还处在比较冷静的状态，但话语中带着抱怨的情绪。"guarda"发挥提请听话人注意、提示说话人要做进一步解释的功能，体现了该话语标记的语境意义和交际功能。类似的场景还有：

> LEI: Caspita, mi spiace, cioè non è bello come me lo stai facendo vedere.
> LUI: Guarda, io lo so che magari lo fai distrattamente, però devi stare più attenta ai segnali che mandi. Esserne consapevole. Se li vuoi mandare li mandi, ma se non li vuoi mandare non li mandi.
> LEI: Di sicuro non volevo mandarli.

> 她：天啊，抱歉，如果我真的像你做的那样，那也太不雅观了。
> 他：你看啊，我知道你没准儿是不小心才做了这样的动作，但你要多留意自己发出的信号。你得有这个意识。如果你真想暗示什么，那你就这么做；可如果你没有这样的意思，那就不要做这样的动作。

有时候，"guarda"除了要提醒对方注意，还可以负载一些情绪，如：

> LEI: [...] Ma tu chi sei, alla fine tu chi sei per giudicare tutta la mia vita? Okay, sono una donna di merda, ci ho le rughe, mi vuoi? Sono

questo.

LUI: Ah, adesso mi rispondi anche male? Me lo devi dire di persona. [...] <u>Guarda</u> che hai fatto, <u>guarda</u> che cosa hai vissuto. Ci chiudiamo in casa e riprendiamo un po' di discorsi, perché mi devi spiegare...

她：[……]可你又是谁？说到底，你凭什么来评判我的生活？好吧，我就是个坏女人，我有皱纹，你要吗？我就这样。

他：哈，你现在怎么跟我说话的？有本事你当面跟我讲清楚。[……]<u>你看看你都做了些什么</u>，<u>你看看你那些不堪的过往</u>！我们在家把事说清楚，把我们的问题再捋一遍，你得跟我说清楚……

男主人公再次强调对女主人公的不满，借助"guarda"来传递这种蔑视的信号，进一步贬低女主人公的自我价值感和尊严感。

通过以上的分析可以看出，语言是受语境制约的交际系统，是一种能够用来传达意图的社会—心理工具。语言交际是多层面的社会现象，话语由相互联系的多个因素组成，其中内容和语境尤为重要。语境包括言语行为的参与者、发生的行为以及产生的效果。因此，译者首先应该进行话语分析，对人物的心理状态进行剖析，这样才能解析出话语的内涵。话语分析是戏剧文本翻译必须要重视的译前准备，分析话语标记有利于帮助译文构建语篇，实现说话人的交际意图，使译文更加地道自然。而翻译活动在某种意义上说是一种交际活动，译出说话人的交际意图是译者的根本任务，因此，动笔翻译之前，首先要充分理解话语的语用功能，考虑整个交际过程，才能正确判断某个特定的话语对整个交际效果的贡献。翻译时，应特别注重了解话语标记的语用功能，因为话语标记只是明示话语意图的方式，译者应当根据译文行文的需要恰当处理其翻译。在话语标记直译无法体现其语用功能时，可以采取其他意译的方式进行翻译，重在译出其标示的逻辑关系，切忌机械照搬。

综上所述，本节以《尘》的对话翻译个案分析为基础，对于话语标记的功能对等翻译做了较为详细的探讨，旨在说明以话语标记为例，译者如何传递意义，而话语标记的意义就在于其在实际语境中的交际功能，语用翻译的目的则在于实现话语标记在实际语境中的功能对等。此外，翻译戏剧文本时应尽量做到口语化和通俗化，方便演员表达和观众理解。

除此之外，译者还需考虑到戏剧文本当中的情节发展，随着情节的发展，戏剧矛盾不断激化，人物的心理较量与心理特征也会随之变化，这一点会反映在其语言表达上，而话语标记便能敏锐地反映这一变化。因此，文本中关于话语标记的使用会发生变化，翻译时也应审时度势，关注这一点，并选择相应的翻译策略，以体现这种细微的变化。关于这一点，本节也有所探讨。

需要说明的是，原文中大量的话语标记无法完全在译文中得到体现，这并不意味着漏译或者减译，往往需要通过其他方式进行补偿，如增加副词或者加入补语成分来实现，本节也试图发掘和阐述该策略的理由和动机。因为语言系统不同，话语标记在数量、种类和使用频率上会有所不同，会有显性和隐性的区别，意大利语使用明示关系更多，而汉语使用隐含关系居多，因此，生硬地翻译每一个话语标记有时候并不可取。

参考文献

外文参考文献

Aaltonen, S. *Time-Sharing on Stage. Drama Translation in Theatre and Society.* Clevedon: Multilingual Matters, 2000.

Aijmer, K. & Vandenbergen, S. A. Pragmatic Markers in Translation: A Methodological Proposal. In K. Fischer (Eds) *Approaches to Discourse Particles.* Amsterdam: Elsevier, 2006: 101-114.

Albanese, A. Sermo humilis e lirismo in Italianesi di Saverio La Ruina. In «Between», IV, 7, (http://www.Between-journal.it/), 2014.

Albanese, A. *Identità sotto chiave: Lingua e stile di Saverio La Ruina.* Macerata: Quodlibet Studio, 2017.

Andorno, C. *La grammatica italiana.* Milano: Modatori, 2003

Ariani, M. & Taffon, G. *Scritture per la scena. La letteratura drammatica nel Novecento italiano.* Roma: Carocci, 2001.

Baker, M. *In Other Words: A Coursebook on Translation.* London and New York: Routledge, 1992.

Barthes, R. *Elements of Semiology.* New York: Hill and Wang, 1967.

Barthes, R. *La camera chiara. Nota sulla fotografia.* trad. it. R. Guidieri. Torino: Einaudi, 1980.

Bateson, G. *Mente e natura.* trad. it. G. Longo. Milano: Adelphi, 1984.

Bazzanella, C. *Le facce del parlare. Un approccio pragmatico all'italiano parlato.* Scandicci: La Nuova Italia, 1994.

Berman, A. *Toward a Translation Criticism: John Donne.* tran. F. Massardier-Kenney. Ohio: Kent State University Press, 2009.

Bernardi, C. & Perazzo, D. Missioni impossibili. Esperienze di teatro sociale in situazioni di emergenza. In «Comunicazioni sociali», XXIII, 2001, 3.

Brook, P. *Lo spazio vuoto.* trad. it. I. Imperiali. Roma: Bulzoni, 1998.

Bruzzone, R. *Io non ci sto più. Consigli pratici per riconoscere un manipolatore affettivo e liberarsene.* Novara: De Agostini, 2018.

Cerri, G. La tragedia. In *Lo spazio letterario della Grecia antica*, Vol. I, tomo 1. Roma: Salerno Editrice, 1992.

Cerri, G. Il dialogo tragico e il ruolo della gestualità. In «Engramma. La tradizione classica nella memoria occidentale», 99, 2012.

Consuela, F. *Recensione a La Ruina, Saverio, Dust. Dialogue between man and woman*. trad. engl. T. Simpson (http://www.ivpchicago.org/news/2016/4/27/a-blog-by-a-fan-faye-consuela).

Crystal, D. *A Dictionary of Linguistics and Phonetics*. Cambridge: Wiley-Blackwell, 1997.

Cuenca, M. J. Defining the Indefinable? Interjections. In «Syntaxis», 2000, 3.

De Marinis, M. Aristotele: la teoria dello spettacolo nella «Poetica». In *Visioni della scena: teatro e scrittura*. Roma-Bari: Laterza, 2004.

Douglas, D. Discourse Domains: The Cognitive Context of Speaking. In D. Boxer & A. Cohen (Eds) *Studying Speaking to Inform Second Language Learning*. Shanghai: World Publishing Corporation, 2007.

Elam, K. *The Semiotics of Theatre and Drama*. London: Routledge, 2002.

El-Shiyab, S. Verbal and Non-verbal Constituents in Theatrical Texts and Implications for Translators. In F. Poyatos (ed.) *Non-verbal Communication and Translation* Amsterdam: John Benjamins Publishing Company, 1997.

Esslin, M. *The Field of Drama: How the Signs of Drama Create Meaning on Stage and Screen*. London: Methuen, 1987.

Facchinelli, C. Scena verticale: storia e geografia di una compagnia teatrale. In «Stratagemmi», 2011, 6.

Fagiolo dell'Arco, M. Warhol: The American Way of Dying. In «Riga», 33. Milano: Marcos y Marcos, 2012.

Fiaschini, F. Il Ruolo dell'Università nei Processi di Formazione alle Pratiche di Teatro Sociale. In «Comunicazioni sociali», 2011, 33 (2).

Flaiano, E. *Lo spettatore addormentato*. Milano: Adelphi, 2010.

Foster, H. Morte in America. trad. it. F. Nasi, in «Riga», 33. Milano: Marcos y Marcos, 2012.

Francabandera, R. Polvere: La Ruina dal solo al passo a due. In «PAC. Magazine di arte & culture», 2015.

Giordano, P. C., Longmore, M. A. et al. Anger, control, and intimate partner violence in young adulthood. In *Journal of Family Violence*, 2016, 31 (1).

Giovannelli, M. La Ruina: la violenza, la polvere, (http://www.doppiozero.com/materiali/scene/la-ruina-la-violenza-la-polvere), 2015.

Gorelick, N. Life in Excess: Insurrection and Expenditure in Antonin Artaud's Theatre of Cruelty. In *Discourse*, 2011, 33 (2).

Guccini G & Tomasello, D. (eds.), Autori oggi, un ritorno. In «Prove di Drammaturgia», XV, 2, 2014.

参考文献

Gumperz, J. J. *Discourse Strategies*. Cambridge: Cambridge University Press, 1982.

Halliday, M. A. K. *Introduction to Functional Grammar*. 3rd edition. London: Hodder Arnold, 2004.

Herman, T. *Translation in Systems: Descriptive and System-oriented Approaches Explained*. Manchester: St Jerome, 1999.

Holker, K. Französisch Partikelforschung. Lexikon der Romantischen Linguistik, Vol. V. 1, 77-88. Tübingen: Niemeyer, 1991.

Jakobson, R. Linguistics and Poetics. In S*elected Writings III: Poetry of Grammar and Grammar of Poetry*. Hague: Mouton, 1958/1981.

Jakobson, R. Closing statement: linguistics and poetics. In S. Thomas *Style in Language*. Cambridge: The Technology Press of Massachusetts Institute of Technology, 1960.

Jakobson, R. On linguistic aspects of translation. In L.Venuti *The Translation Studies Reader*. London and New York: Routledge, 2004.

Jakobson, R. *Saggi di linguistica generale*. Milano: Feltrinelli, 2005.

Lakoff, R. The Politics of Language. Paper presented at San Diego Castesol meeting, 1985.

La Ruina, S. Dialoghi con lo Spettatore e il Critico. In Autori oggi, un ritorno, «Prove di drammaturgia», XV, 2, 2009. pp. 26-29.

Leech, G. *Semantics*. Harmondsworth: Penguin Books, 1974/1981.

Lefevere, A. & Bassnett, S. *Translations, History and Culture*. London and New York: Pinter, 1990.

Leoni, A. *Dei suoni e dei sensi. Il volto fonico delle parole*. Bologna: Il Mulino, 2009.

Martinelli, M. & Montanari, E. *L'Apocalisse del Molto Comune*. Milano: Ubulibri, 2000.

Matejka, L. & Titunik, R. *Semiotics of Art: Prague School Contributions*. Cambridge: MIT Press, 1976.

Matlin, M.W. *Cognition*. Holt: Rinehart and Winston, 1989.

Nasi, F. *Traduzioni estreme*. Macerata: Quodlibet, 2015.

Nathan, G. Life in Excess: Insurrection and Expenditure in Antonin Artaud's Theatre of Cruelty. In *Discourse*, 2011, 33 (2).

Nencioni, G. *Tra grammatica e retorica*. Torino: Einaudi, 1983.

Nida, E. A. & Taber, C. R. *The Theory and Practice of Translation* Leiden: E. J. Brill, 2002.

Nord, C. *Translating as a Purposeful Activity: Functionalist Approaches Explained*. Shanghai: Shanghai Foreign Language Education Press, 2001.

Palazzi, R. Violenza sottile come polvere. In «Il Sole 24 ore», 8 febbraio, 2015.

Pasqualicchio, N. (ed.) *L'attore solista nel teatro italiano*. Roma: Bulzoni, 2006.

Pavis, P. *Theatre at the Crossroads of Cultures*. London: Routledge, 1992.

Pfister, M. *The Theory and Analysis of Drama*. Cambridge: Cambridge University Press, 1988.

Poggi, I. *Le interiezioni: studio del linguaggio e analisi delle mente*. Torino: Boringhieri, 1981.

Puppa, P. *Il teatro dei testi. La drammaturgia italiana nel Novecento*. Torino: Utet, 2003.

Rancière, J. *Film Fables*. London: Bloomsbury Academic, 2016.

Reale, E. Femminilità tradita e violata nel teatro del Sud: Gianfranco Berardi, Saverio La Ruina, Spiro Scimone e Vincenzo Pirrotta. In *Mantichora*, 2011, 1.

Reiss, K. *Translation Criticism. The Potentials and Limitations: Categories and Criteria for Translation Quality Assessment*. Manchester: St. Jerome Publishing, 1971.

Reiss, K. Text types, translation types and translation assessment. translated by A. Chesterman. In *Reading in Translation Theory*. Helsinki: Finn Lectura, 1989.

Reiss, K. *Translation Criticism: Potential and Limitations*. translated by E. F. Rhodes. Manchester: St Jerome and American Bible Society, 2000.

Rimini, S. *Le maschere non si scelgono a caso. Figure, corpi e voci del teatro-mondo di Pirrotta*. Corazzano: Titivillus, 2015.

Rousseau, J-J. *Saggio sull'origine delle lingue*. trad. it. P. Bora. Torino: Einaudi, 2015.

Sapir, E. *Culture, Language and Personality*. Berkeley: University of California Press, 1970.

Schweda N. Linguistic and Extralinguistic Aspects of Simultaneous Interpretation. In *Applied Linguistics*, 1987, 2.

Shiffrin, D. *Discourse Markers*. Cambridge: Cambridge University Press, 1987.

Simpson, T. H. Introduction to La Ruina Saverio. In *The Mercurian*, 2015, 5 (4).

Soriani, S. *Sulla scena del racconto*. Civitella in Val di Chiana: Zona, 2009.

Styan, J. L. *The Elements of Drama*. Cambridge: Cambridge University Press, 1960.

Trager, G. L. Paralanguage: A First Approximation. In *Studies in Linguistics*, 1958, 12.

Trevillion, H. et al. Domestic violence and severe psychiatric disorders: prevalence and interventions. In *Psychological Medicine*, 2010, 40 (6).

Walker, A. *The Battered Woman Syndrome*. New York: Springer Publishing Co, 2016.

Wilkinson, D. L. & Hamerschlag, S. J. Situational determinants in intimate partner violence. In *Aggression and Violent Behavior*, 2005, 10 (3).

中文参考文献

巴特. 文之悦 [M]. 屠友祥, 译. 上海: 上海人民出版社, 2009.

布鲁佐内. 适可而止: 10 步摆脱情感操纵 [M]. 梁颢轩, 译. 北京: 人民日报出版社, 2021.

崔轶, 洪炜, 苏英, 刘晓柳. 七省市家庭暴力现状调查及影响因素报告 [J]. 中国临床心理学杂志, 2012, 3(40).

方特斯. 情感操纵: 为什么伤害我们的都是最亲近的人 [M]. 金媛, 译. 北京: 东方出版社, 2019.

高尔基. 文学论文选 [M]. 孟昌, 等译. 北京: 人民文学出版社, 1958.

贾玉新. 跨文化交际学概论 [M]. 上海: 上海外语教育出版社, 1997.

老舍. 老舍全集: 第 16 卷 [M]. 北京: 人民文学出版社社, 1999.

老舍. 我是怎样写小说 [M]. 上海: 文汇出版社, 2009.

李欣. 英语话语标记语的语用翻译研究 [D]. 上海: 上海外国语大学, 2011.

林玫君. 儿童戏剧教育活动指导 [M]. 上海: 复旦大学出版社, 2016.

罗翔. 法制的细节 [M]. 昆明: 云南人民出版社, 2021.

芒迪. 翻译学导论: 理论与应用 [M]. 李德凤, 等译. 北京：外语教学与研究出版社, 2016.

孟伟根. 戏剧翻译研究 [M]. 杭州: 浙江大学出版社, 2012.

田星. 论雅各布森的语言艺术功能观 [J]. 外语与外语教学, 2007(6).

王东风. 文化缺省与翻译中的连贯重构 [J]. 外国语, 1997(6).

王东风. 诗学功能与诗学翻译: 翻译诗学研究 [J]. 外国语, 2021(3).

王佐良. 白体诗在舞台上的最后日子——二论莎士比亚的戏剧语言 [J]. 外语教学与研究, 1985(4).

毋嫘, 洪炜, 等. 婚姻暴力受害者的认知及应对方式分析 [J]. 中国临床心理学杂志, 2013, 5(21).

西蒙. 当爱变成了情感操纵 [M]. 李婷婷, 译. 北京：中国友谊出版公司, 2019.

徐晶凝. 汉语语气表达方式及语气系统的归纳 [J]. 北京大学学报 (哲学社会科学版), 2000, 37(3): 136-141.

徐晶凝, 许怡. "啊"字是非问与纯语调是非问 [J]. 汉语学习, 2021(4).

姚介厚. 论亚里士多德的诗学 [J], 中国社会科学院研究生院学报, 2001, 5.

姚斯. 走向接受美学 [M] // 姚斯, 霍拉勃. 接受美学与接受理论. 周宁, 金元浦, 译. 沈阳: 辽宁人民出版社, 1987.

周婷. 无处不在的尘, 无处不在的家庭语言暴力——解读意大利当代社会剧文本《尘》[J]. 戏剧文学, 2019(8).

意大利当代戏剧《尘》文本解读与翻译研究

周婷. 戏剧文本话语标记翻译策略探析——以意大利当代戏剧《尘》为例 [J]. 汉江师范学院学报, 2020, 40(5).

卓加真. 阅读安东·贝曼的《迈向翻译批评理论之路》[J]. 编译论丛, 2013, 6(2).